Janosch

Von dem Glück, Hrdlak gekannt zu haben

Roman

GOLDMANN

Umwelthinweis:
Alle bedruckten Materialien
dieses Taschenbuches
sind chlorfrei und umweltschonend.

Der Goldmann Verlag
ist ein Unternehmen der Verlagsgruppe Bertelsmann

Umschlaggestaltung: Design Team München
Umschlagmotiv: Gruner + Jahr/photonica/Takashi Iwakiri
Made in Germany · Verlagsnummer: 43834

ISBN 3-442-43834-9

Wenn du die Welt
mit einem deiner Haare ändern könntest,
– dann behalte das Haar.
(aus China)

.I

Jetzt laufen Sie schon, Herr Hrdlak. Nehm' Sie die Beine in die Hand, und etwas drapko*, ja! Das Mädel wird Hunger haben, wenn es aus der Kirche kommt, oder für was hab' ich Sie angestellt? Ich komm' Ihnen schon nach, gucken Sie sich nicht soviel nach mir um, das hält bloß auf.«

»Jaja, drapko.«

Die das rief, war Frau Dziuba. Mutter zweier Töchter, und die eine, Else, befand sich in diesem Moment auf dem Weg zur Kirche, weil sie Hochzeit hatte. Von der zweiten wird vielleicht ein anderes Mal die Rede sein, wenn die Zeit es erlaubt. Doch ihr Name sei wenigstens erwähnt – Hedel.

Der da laufen sollte, war Hrdlak. Ein Mensch, dessen Aussehen vielleicht, hätte er in einer anderen Gegend gelebt, als ›fremdartig‹ bezeichnet worden wäre. Hier aber fiel er, was das anging, nicht weiter auf. Hier sahen viele fremdartig aus, jeder ganz verschieden vom anderen. Dem Äußeren nach zu urteilen, gab es viele Hunnen unter ihnen. Andere sahen aus wie Bessarabier, auch wie Kirgisen, von einer leichten Ähnlichkeit mit Deutschen oder Österreichern ganz zu schweigen.

Kurzum: Mischvolk.

Weil die Hunnen einst ihre Spuren – will sagen: ihre

* wasserpolnisch: schnell. – Jedes Dorf unterscheidet sich im Wasserpolnischen durch andere Wörter. Fast jede Familie redet eine eigene Sprache, für die es keine Schreibschrift gibt.

Nachkommen – hinterlassen hatten, als sie hier vorbeigekommen waren. Die Hunnen auf ihren kleinen verdammten Pferden mit ihren kleinen verdammten Ärschen, unter denen sie das Fleisch mürbe ritten, bevor sie es roh aßen. Konnten wie die Teufel reiten, diese verdammten Pelzmützen. Nach ihnen waren die Kirgisen gekommen. Tataren. Bessarabier oder Mongolen.

Dann die Franzosen mit den schmucken Goldlamellen, den blauen Uniformen, den vielen Glitzerorden an den Brüsten. Erst auf dem Durchmarsch nach Rußland, dann auf der Flucht zurück nach Hause. Die Feingliedrigkeit, auch die langen Nasen, die du hier finden konntest, kamen von ihnen. Man kann auch sagen, die Schwindsucht, denn die Franzosen waren in Folge von fortwährendem Weingenuß schwächlich und ausgezehrt geworden. Andererseits waren die Franzosen kaum noch zu erkennen. Die Schwindsucht kam hier von der Not, die langen Nasen hatten sie vom Saufen.

Und nach den Franzosen waren die Regimenter wieder anderer Völker durch den Ort gezogen.

Auch Menschen, die irgendwo wegen eines Verbrechens gesucht wurden, waren hierhergekommen, weil man sie da nicht fand. Sie konnten in den Kohlegruben unter der Erde verschwinden, meinten, das sei immer noch besser als die Guillotine oder Zwangsarbeit. Als das Fallbeil vielleicht: ja, doch als die Zwangsarbeit – nein. Wer einmal in die Grube einfuhr, kam sein Lebtag nicht mehr heraus. An den Sonntagen für ein paar kurze Stunden, aber sonst: Fehlanzeige.

Und alle, die da gezwungenermaßen als Soldaten oder freiwillig auf Arbeitssuche oder unfreiwillig auf der Flucht durchgekommen waren, sie alle hatten ein paar Kinderchen hinterlassen. Hier, in Chlodnitze, an der Grenze zu Polen.

Von jeder Sorte Mensch gab es hier mindestens ein Exemplar; nur Neger gab es keinen einzigen. Sie hätten ihn auch nicht leben lassen. Wer ganz anders war, wurde mehr oder weniger heimlich bei Nacht erschlagen.

Die meisten sahen in Chlodnitze also wie Hunnen aus, das Asiatische mehr oder weniger verwischt. Nur hören die Leute dieser Gegend es nicht gern, wenn man sie Hunnen nennt. Sie wollen Deutsche sein. Seit die Deutschen hier das Regiment in der Hand haben, wollen fast alle Deutsche sein.

Weil sie sonst keine Arbeit bekommen, keinen Ausweis und keine Aufnahme in Krankenhäuser, auch keine Suppe in der Volksküche, weil man sie dann tritt, und ist es am Ende nicht scheißegal, was man ist, Freunde?

Hauptsache, dich schlägt keiner zu Lebzeiten tot, weil ihm deine Herkunft nicht paßt. Rechtzeitig wechseln, wenn du merkst, einer kommt so auf dich zu, solange es noch geht.

Überhaupt ist in Chlodnitze nicht mehr viel von dem alten Erbe zu merken, von dem Blitzlicht im Hintern der Hunnen, dem Goldlamellencharme der Franzosen, dem Temperament der Zigeuner, die dann und wann ein Kind vor der Kirche liegen ließen; sie hatten immer mehr, als sie haben wollten.

Die Leute von Chlodnitze sind heute ein einfaches, biederes Völkchen, das dem Leben wehrlos ausgeliefert ist. Sie beten den Gott im Himmel an und auf Erden den Schnaps, und ihre Freude ist die Taubenzucht.

Der Kampf mit dem Leben und der Schnaps haben viel verwischt im Laufe der Jahrhunderte.

Das Übel war der Braune. Hätten sie mehr Geld gehabt und sich den weißen Fusel leisten können, hätten sie vielleicht heute noch reiten können. Der braune Schnaps aber zerstörte die Menschen bis auf die Knochen, und wenn die Chlodnitzer einen schwankenden Gang hatten, dann hätte keiner gewußt, ob es das hunnische Erbe war – denn die Hunnen waren nie gut zu Fuß – oder der Fusel, dem sie diesen Gang verdankten.

Und doch kam in Chlodnitze keiner am Braunen vorbei; sie soffen ihn hier von klein auf. Damit sie das Leben mit allen seinen Lasten ertrugen, mußte man schon die Kinder an ihn gewöhnen; später wären sie schon an einem Glas des Fusels gestorben, denn der Schnaps war pures Gift. Andererseits half er gegen Gicht und Rheuma, und jeder hier brauchte ihn eines Tages, wenn er nicht an seinen Schmerzen zugrunde gehen wollte.

Schon für den Krieg mußte man sich an ihn gewöhnen. Kam ein Chlodnitzer in den Krieg, gab man ihm Schnaps und hatte das schönste Kanonenfutter. Er war für die Truppe, die Offiziere und Generäle eine wahre Freude. Deswegen wurde ein Chlodnitzer im Feld an erster Stelle und noch vor dem Kommißbrot reichlich mit diesem Stoff des grenzenlosen Mutes, des brauchbaren Wahnsinns versorgt. Hatte er einen im Hals, dann warf er sich ohne mit der Wimper zu zucken in jeden Kugelregen und scheute nicht Tod noch Teufel.

Nein, am Schnaps kam hier keiner vorbei, so lange er lebte. So konnte man denn über Chlodnitze zu dieser und jeder Zeit eine bläuliche Wolke über den Straßen und Dächern erkennen: eine einzige, große, kollektive Schnapsfahne.

In den Adern den Fusel, in den Knochen die Gicht und im Kopf die Taubenzucht.

Hrdlak gehörte, man spürte es bald, nicht zu diesem Menschenschlag und erschien dann also noch fremder. Ein Fremder unter Fremden, gar aus einer anderen Welt.

Auch war er lahm.

Die Haare kurz geschoren, vielleicht schwärzlich oder grau, die Augen schmal, die Haut wie Leder.

Weltreisende berichten von einem Volk dort irgendwo im Himalaja, wo es Hundert- und Zweihundertjährige gibt. Wo die Menschen auf geheimnisvolle Weise in unsagbarer Schnelligkeit große Strecken zurücklegen. Wo heilige Männer an vielen Orten gleichzeitig sein können und immer wieder geboren werden. Es gibt Fotos von ihnen, und so sah Hrdlak ungefähr aus: wie ein tibetanischer Mönch, wie einer, dessen Alter sich nicht schätzen ließ, der dreißig, fünfzig oder gar hundert sein mochte.

Er lebte in einem alten Pferdestall und verdiente sich sein Brot als Tagelöhner.

Wenn jemand einen billigen Arbeiter brauchte, der den Hof saubermachen mußte, oder wenn ein Handwagen voll Kohlen abzuholen und in den Keller zu schaufeln war. Oder wenn eine ganze Fuhre voller Kohlen in Eimern durch den Hausflur die Treppen hinunter in den Keller getragen wurden mußte, weil der Keller kein Fenster zur Straße hatte.

Für all das holten sie den Hrdlak.

Er bekam für einen Tag solcher Plackerei sechzig Pfennig und etwas zu essen. Ein Pfund Brot kostete vierzig Pfennig, eine Flasche Bier dreißig Pfennig. Ein Salzhering zehn Pfennig. Räucherhering gehörte zu den Spezialitäten und kostete vierzig Pfennig.

Einen Liter Einfachbier bekam man für drei Pfennig; Wurstsuppe beim Fleischer geschenkt oder für fünf Pfennig eine Kanne voll. Ein Kilo Kartoffeln kostete zehn Pfennig.

Es gab aber auch ein paar Menschen, die gaben ihm zu essen, ohne daß er arbeiten mußte. Doch nie ließ er sich etwas schenken. Dann trug er Holz, das er gesammelt hatte, vor ihre Tür und legte es dort ab. Oder brachte ihnen etwas aus seinem Garten. Petersilie zum Beispiel. Ein Bündel Mohrrüben. Er hatte auch Blumen gepflanzt. Astern.

Es kam auch vor, daß man ihn arbeiten ließ, ihm dann altes Brot gab, das sowieso hätte weggeworfen werden müssen, und ihn wegschickte. Dann ging er ohne Gram und ohne Zorn.

Das Essen teilte er immer mit seinem Hund.

Es gab einen Fleischer, den Drewniok, der für den Hund Abfälle aufbewahrte, man weiß nicht, warum er das tat, doch auch solche Menschen gibt es auf dieser Welt.

Selbst das nahm Hrdlak nicht als Geschenk; er stellte sich immer wieder beim Drewniok ein, um ihm beim Tragen der Bottiche zu helfen.

Hrdlak besaß nichts.

Seine Kleidung war armselig. Tagaus, tagein trug er die gleiche, abgerissene Jacke, wie sie in Gefängnissen ausgegeben wird. Ein Häftling hatte sie nach der Flucht weggeworfen, Hrdlak hatte sie gefunden, angezogen, und man hatte ihn, Hrdlak, für den Entflohenen gehalten und mit auf die Wache geschleppt. Drei Tage haben sie angeblich gebraucht, um zu merken, daß er es nicht war. Zeit genug für den Ausbrecher, sich über die Grenze nach Polen abzusetzen.

In Wirklichkeit war der entflohene Häftling der Bruder eines der Polizisten, und dieser wollte ihm Zeit lassen, über die Grenze zu entkommen. Deswegen verzögerte er Hrdlaks Identifizierung und versorgte ihn in diesen drei Tagen gut – es gab eben schon damals auch anständige Menschen bei der Polizei. Er bekam zu essen, dazu zwei Schlafdecken, denn es war kalt um diese Zeit. Obendrein durfte er die Jacke behalten, obschon sie Staatseigentum war – kurzum es waren drei wunderbare Tage für Hrdlak; draußen regnete es sowieso, und nie in seinem Leben hat er so warm gelebt.

Und als er dann ging, schenkten sie ihm eine alte Decke – jene, unter der er heute immer noch schlief. Wie einen doch plötzlich, ohne daß man es erwartet, der Wahnsinn des Glücks aus allen Löchern einer Gefängnisdecke anschauen kann.

Inzwischen war die Jacke freilich so geflickt, daß sie als Häftlingsbekleidung nicht mehr auszumachen war. Nur ein Fachmann hätte sie noch als solche erkannt.

Dann die Hose: Wie wenn sie stehen bliebe, sollte sie einer neben sein Bett stellen wollen. Stoff wie Eisen. Die

Planen von Lastwagen werden aus solchem Stoff gefertigt. Er hatte nur diese eine Hose.

Die Schuhe waren offen und hinten aufgeschnitten oder ausgetreten, damit sein verkrüppelter Fuß hineinpaßte. Wahrscheinlich hatte er die Schuhe schon in diesem Zustand bekommen, vielleicht gefunden, wie auch immer einer wie er an Schuhe gelangte. Neue Schuhe wird Hrdlak ganz sicher zeit seines Lebens nie an den Füßen tragen. Möglicherweise nicht einmal mit den Händen berühren. Wer weiß, ob er jemals welche mit Bewußtsein betrachtet hat oder gar weiß, daß es überhaupt neue Schuhe gibt. Und wüßte er's, würde er sie nicht beachten: So einer war Hrdlak.

Dem Kenner von Schuhwerk wäre aufgefallen, daß sie mit einer gewissen Geschicklichkeit, ja gar Kunstfertigkeit immer wieder zusammengeflickt waren. Schuhe flicken ist eine Kunst, die nicht einmal jeder Schuster beherrscht. Und doch muß er sie wohl selbst repariert haben, denn ein Schuster wird für einen wie Hrdlak sicher keine Schuhe ausbessern.

Hemden besaß er zwei.

Eines hatte ihm der alte Dziuba gegeben, das andere ein gewisser Zwi Bogainski, der in seiner Nähe wohnte.

Andere Bekleidung, die sie ihm anboten, nahm er nicht an mit der Begründung, er habe alles, was er brauche.

Schon vom bloßen Augenschein hätte man also von Hrdlak sagen können: Alles, was ihm gehört, trägt er bei sich. Er – Hrdlak – steht hier mit leeren Händen am Rande der Ewigkeit.

Das Dach des einstigen Pferdestalles, in dem er

wohnte, war zur Hälfte eingefallen, doch an dem Ende, wo es noch dicht war, befand sich ein kleiner abgetrennter Raum, der früher einmal vielleicht zum Aufbewahren des Zaumzeugs oder des Futters benutzt wurde. Der Boden war saubergefegt, auf einem Sack mit Heu oder Stroh lag jene durchlöcherte Decke, die man ihm einst auf der Polizeiwache geschenkt hatte. Ein kleinerer Sack mit Heu war das Kopfkissen. Hrdlaks Lager. Eine Holzkiste stand da als Tisch, ein Topf, ein Teller. Gabel, Löffel und ein Messer. Ein paar Bindfäden und Dosen, etwas Papier und ein paar leere Tüten lagen zusammengefaltet auf einem Brett, in einer Flasche steckte eine Kerze. Schließlich ein alter Teller und zwei Gläser, in einem befand sich Honig. Und in einem Karton mochten ein paar Gegenstände aufbewahrt sein, vielleicht Nadeln und Zwirn. In einer Ecke stand eine Tonne als Ofen, das Rohr führte durch das Dach nach außen, vor der Tonne lag Brennholz. Nichts war da, was einer nicht unbedingt braucht.

Die Wände waren spärlich weiß gekalkt. Die Lümmel, die früher in seine Wohnung eingedrungen waren, hatten sie verkritzelt, manches war wieder übermalt, manches war so geblieben. Wie Zeichen stand es da. Wie der Bericht über einen Augenblick, der einmal war.

Hrdlak war damals gerade zurückgekehrt, als sie in seiner Kammer wüteten.

Er hatte dagestanden vor ihnen, hatte nichts gesagt, sie nur mit seinen hellen Augen angeschaut wie von weit her. Da wurden sie still. Sie sammelten betreten wieder ein, was sie herumgeworfen hatten und legten alles wieder dorthin, wo sie meinten, es habe zuvor da gelegen.

Als sie gingen, streifte er einem mit der Hand über die Stoppelhaare und nickte.

Seitdem geschah nichts mehr in dieser Art. Es war eher so, daß er manchmal Brennholz oder noch brauchbare Gegenstände vorfand, die ihm jemand vor den Stall gelegt hatte. Manchmal lag da ein Ei in Papier gewickelt oder Tomaten, vermutlich entwendet. Dem Huhn unter dem Hintern gestohlen, und die Tomaten durch den Zaun aus einem Garten gemopst. Einmal eine Dose Ölsardinen, ganz sicher auch geklaut. Und wenn er einen schweren Handwagen für jemanden zog, konnte es sein, daß einer oder zwei von diesen Lümmeln ihm halfen und den Wagen schoben.

Wenn er manchmal einen von ihnen mit der Hand berührte, spürte dieser ein großes Glück, hätte es aber nicht beim Namen nennen können. Ihre Väter langten sie meistens nur an, um ihnen eine zu hauen.

Auffällig an Hrdlaks Kammer war, wie sauber alles war. Und daß hier ein großer Frieden herrschte. Sein Hund schlief mit ihm auf dem Bett.

Vor dem Haus hatte er eine Blechschüssel zum Waschen und eine Tonne mit Wasser, im Garten gab es eine Wasserpumpe, und als Gartengeräte benutzte er, was er in dem Garten oder irgendwo gefunden hatte, und ansonsten wohl die Hände.

»No, machen Sie sich endlich Beine, Herr Hrdlak«, schimpfte Frau Dziuba ungeduldig, »ich habe Sie schon wieder mit meinen alten Füßen überholt. Wenn ich alte, abgearbeitete Frau schneller laufe wie Sie, für was sind Sie dann gut, ich bitte Sie?!«

Hrdlak humpelte, so schnell er konnte, der Schweiß lief ihm aus den grau-dunklen Stoppeln über die braune Haut. Dabei hielt er vorsichtig einen in Lappen gewikkelten Eisentopf in den Händen, damit er nicht überschwappte.

Hrdlak lief also und stolperte, und der Schweiß rann ihm von der Stirn. Eilte mit diesem Topf heißer Hühnersuppe zu den Schrebergärten, wo die Hochzeit gefeiert werden sollte zwischen Else Dziuba und dem zukünftigen Fuhrunternehmer Rudolf Johann Mainka, gerufen Hannek. Die Braut befand sich zu dieser Zeit bereits auf dem Weg zur Kirche, und Frau Dziuba war mit ihrem Rheuma auf dem Marsch in die Wohnung.

»Wie die Hochzeit bereitet ist, so wird das Leben der Braut verlaufen, sagt man.« So Frau Dziuba bei passender Gelegenheit. »Dem Mädel müssen bis zum Ende ihrer Tage die Tränen in die Augen kommen, wenn sie an ihre Hochzeit und an ihre Mutter zurückdenkt. Ich bereite meinen Mädels eine Hochzeit, wie der Herrgott sie nicht besser ausrichten könnte, und wenn ich unser Haus verkaufen muß.«

Eine Ehe soll schließlich gutgehen.

Nicht gutgehen heißt in Chlodnitze: Der Mann haut die Frau, und sie läßt sich das gefallen. Haut die Frau den Mann, ist das nicht weiter schlimm, denn wenn er sich das gefallen läßt, ist er kein Mann. Und für was braucht eine Frau einen Mann, der kein Mann ist?

Das Wetter war gut an diesem Tag, Gott sei gedankt. Schon mal wenigstens das.

Frau Dziuba mußte sich nicht allzuviel für die teure Hochzeit borgen, sie hatte lange genug dafür gespart, schon als das Mädel vier war, hatte sie den ersten Strumpf mit Markstücken voll – Reichsmark. Es gab da bereits die Reichsmark. Zuvor gab es die Goldmark, und nichts geht über Gold.

Scheidungen gab es so gut wie nicht in Chlodnitze.

Einmal gab es eine, weil ein gewisser Mikasch mit seiner Frau in Streit geriet und sie den Schwung ausnutzte, um im Krankenhaus zu Protokoll zu geben, die Knochenbrüche seien ›die Folgen körperlicher Züchtigung durch den Mann‹. Was aber nicht gereicht hätte, denn der Ehegatte seinerseits lag zwei Zimmer weiter mit nicht weniger Frakturen. Nur hatte er ihr ausgerechnet auch noch ein Ohr abgebissen, und da dieses gerade wieder einmal heftig blutete – hatte die Frau da am Ende ein bißchen nachgeholfen? – als sie vor den Richter trat, hatte dieser die Scheidung bewilligt. Ohne Blut wäre es nicht dazu gekommen. So schwer waren damals die Zeiten.

Angefangen hatte es mit einer einfachen alltäglichen Ohrfeige, die sie ihm gab, worauf er natürlich zurückgeschlagen hatte. Und das nicht nur einmal.

»Du haust mir eine, ich hau' dir drei.«

Das war, wie gesagt, die einzige Scheidung in dieser Gegend. Um diese Zeit. Sie hatte daher auch ganz groß im CHLODNITZER WANDERER gestanden. Vorne drauf. Nur führte das nicht zum Ruhm wie etwa die Hochzeit eines Kaisers. Es schlug vielmehr in Chlodnitze ein wie ein Blitz; dagegen war das Attentat von Sarajewo ein Fliegenschiß. Die beiden mußten den Ort verlassen und zogen nach Chorzow, wo die Frau herkam. Dort haben sie dann wieder geheiratet.

Eine Scheidung bei einem ihrer Mädels – das hätte bei Frau Dziuba Mord und Totschlag bedeutet.

»Wenn eine von euch mir das antut«, sagte sie mehr als einmal; sie gab das ihren Töchtern sozusagen schon mit der Kindermilch mit auf den Weg, »schlage ich euch tot. Mitsamt dem Mann. Oder ich gehe selber ins Wasser. Und sollte ich schon tot sein, erscheine ich euch in der Nacht als Dziobok*.«

Das merkt sich ein Mädel, so lange es lebt.

Es gab dann noch eine andere Scheidung, die einfacher vonstatten ging: Eine Frau ließ sich wegen ihrer nachweislichen Untreue in zweiunddreißig leichten und einem schweren Fall von einem Mann scheiden, der in der Molkerei arbeitete – keiner in Chlodnitze verlor ein Wort darüber. Denn da beide evangelisch waren, diese Ehe daher nicht vor Gott galt, war die Trennung der beiden nicht erwähnenswert. Stand nicht einmal in der Zeitung unter den Familiennachrichten. Wie sollte auch eine Ehe gebrochen werden, wenn sie vor Gott nicht galt?

In dieser Beziehung sind die Evangelischen in aller Welt im Vorteil.

Zwei Hühner hatte Frau Dziuba für die Suppe geopfert – *zwei* ganze Hühner für eine Suppe, das muß man sich schon leisten, wenn die erste Tochter heiratet, Herrschaften! Hühnersuppe macht der gewöhnliche Mensch aus den Hühnerbeinen, den Flügeln, dem Hals, dem Kopf, den Innereien. Beim Kopf sind allerdings die Federn schlecht zu entfernen. Auch sollte man die Au-

* wasserpolnisch: böser Geist

gen herausnehmen, sonst schaut das Huhn den Gast andauernd aus der Suppe an, und empfindliche Menschen könnten sich daran stören. Ist die Suppe nicht für Gäste gedacht, kann man die Augen drinlassen.

Jedoch zwei *ganze* Hühner für die Suppe opfern, das können sich nur Fürsten leisten.

Das sagte Frau Dziuba aber auch den Gästen. Nichts ist einer guten Mutter für die Gäste und die Tochter zu teuer.

Als Beweis würden die Gäste das meiste Fleisch immer noch auf dem Teller herumschwimmen sehen. Nur die Brust hatte sie für sich herausgefischt. Weil der Gast muß nicht alles bekommen.

Sie rechnete mit siebzehn Gästen. Vierzehn hat sie geladen, drei kommen immer ungebeten, das weiß man aus Erfahrung. Doch ein großzügiger Mensch rechnet die drei Schnorrer gleich mit ein. Also muß die Suppe für siebzehn reichen.

Wird sie auch. Notfalls muß sich eben jeder ein wenig einschränken.

Ihren Mann, den Dziuba, hatte sie nicht mit eingerechnet. Er hielt sich immer abseits, das kannte sie schon, setzte sich nie zu den anderen. Sie war auch froh darüber. Sie hatte ihn nicht gern dabei, wenn Leute kamen.

Wenn freilich etwas übrigbliebe von der Suppe, würde sie ihm seine Portion schon nachreichen.

Zweiter Gang: Rindfleisch, gekocht wie Wellfleisch. Schön mit Lorbeerblatt, Pfefferkörnern im Ganzen, Petersilie, zwei, drei größere Mohrrüben dazu, die geben dem ganzen einen etwas vornehm süßlichen Geschmack, ganz leicht nur und im Hintergrund, du merkst es auf der Zunge kaum. Auch würde das Essen so mehr ausgeben. Dazu gute Frühkartoffeln – ein Festmahl erster Klasse. Noch ein paar Würste in Reserve, wenn es nicht reichen sollte, denn wenn die Leute saufen, wächst der Appetit ins Unendliche. Nebenbei, und später zum Schnaps, Kartoffelsalat von der besten Sorte, auch den aus besten Frühkartoffeln, was gar nicht hätte sein müssen, denn im Kartoffelsalat waren alte von frischen Kartoffeln kaum zu unterscheiden. Ja, beim Kartoffelsalat machte ihr keiner was vor, die ganze Straße rauf und runter nicht, und wer einmal ihren Kartoffelsalat gegessen hatte, verliebte sich in ihn für sein ganzes Leben.

Kuchen sowieso, drei Bleche und zwei Torten, das gehört zu jeder Hochzeit, lohnt sich nicht zu erwähnen. Eine Hochzeit ohne Kuchen wäre eine Blamage vor der ganzen Welt. Selbst die Ärmsten leisten sich zur Hochzeit Kuchen. Sie entfernte sogar den Rand vom Blechkuchen und schenkte ihn einer ärmeren Frau aus dem Haus. Der alten Kottlosch, die hatte niemanden mehr, der sich um sie kümmerte.

Und dann *Bowle*!!

Bowle gehört schon zum Luxus, doch das Mädel hat sich so sehr und von ganzem Herzen Bowle gewünscht, daß sie es dem Kind nicht abschlagen konnte. Schon vor den anderen Mädels in ihrem Alter konnte man es ihr nicht antun.

Sie – die Else – hatte einmal Bowle getrunken bei ihrer Freundin Luzie mit deren Verlobtem, und seitdem schwärmte sie davon.

»Waldmeister – oh, Mama! Waldmeister, bitte ja?«

»Was soll das denn sein – Waldmeister?« hatte Frau Dziuba geantwortet. »Guwno* ist das! Das kenn' wir hier nicht einmal.«

Waldmeister! Und wenn ein Mädel hundertmal Hochzeit hat, absurde Wünsche gibt es nicht. Daran muß man sich rechtzeitig gewöhnen, das muß einem die Erziehung mit auf den Weg geben.

Also Erdbeerbowle und basta.

Die meisten werden sowieso schon aus der Kirche mit so einem Suff im Garten ankommen, daß es egal ist, ob du Waldmeister oder Erdbeeren oder Petroleum in die Bowle gibst.

Acht Liter waren angesetzt mit Wein und Weinbrand. Das Gute an Bowle ist, daß man sie beliebig strecken kann, egal mit was, man kann alles hineinschütten, was es gibt. Schnaps, Wein, Wasser, Kompott, Limonade. Nur Bier nicht, denn Bowle ist ein reines Damengetränk, und Damen riechen Bier sofort heraus. Das haben manche Gäste nicht gern, gehört auch vom Rezept her schon gar nicht rein in eine gute Bowle.

Gut, im Notfall und wenn sowieso schon alle unter dem Tisch liegen, kann man auch Bier nehmen. Besser ist dann Einfachbier, da kostet der Liter bloß drei Pfennig.

Und schön viel Zucker natürlich, weil die Damen einer Gesellschaft haben es gern süß. Bowle mit etwas Knabbergebäck und Pralinés – nichts geht darüber für eine feine Frau.

* polnisch: Scheiße

Die Bowle wird Hrdlak als letztes holen, denn Bowle muß kühl sein. Um sie im Garten kühl zu halten, hätte man Trockeneis haben müssen, das besaß aber nicht jeder in Chlodnitze. Also befand sie sich vorläufig in einem Wasserbottich in der Kammer der Wohnung der Frau Dziuba. Jäschkestraße 1.

Von dort bis zum Garten waren es nicht mehr als achthundert Meter. Für einen, der gesunde Beine hatte und keinen heißen Eisentopf tragen mußte, ein Katzensprung. Nur für Hrdlak ein mühseliger Kreuzweg.

Frau Dziuba gab ihm immer mal Arbeit, damit er sich was zu essen verdienen durfte, und manchmal gab sie ihm auch etwas umsonst. Das muß gesagt werden, weil ein Christ hat auch für den Nächsten zu sorgen, um den Gott sich nicht selber kümmern kann.

Wozu macht er die Armen und Gebrechlichen? Damit seine Schäfchen Gelegenheit haben, sich zu bewähren und sich den Himmel nach dem Tode zu verdienen. Und so schwer war es für Frau Dziuba gar nicht, sich in christlicher Nächstenliebe zu üben. Beim Essen blieb manchmal etwas übrig, das man sonst den Schweinen hätte geben müssen. Schweine aber hatte sie keine.

»Auch wenn er dumm ist, so ist der Hrdlak doch ein Mensch wie wir alle.«

So sprach Frau Dziuba und half Hrdlak durch das Leben. Sie nannten Hrdlak einen ›Dummen‹, denn er sprach kaum je etwas.

Ein Dummer ist kein Verrückter. Im Gegensatz zu einem Verrückten ist ein Dummer nur dumm. Er kann mit den anderen leben, auch kleinere Arbeiten verrichten, wenn er für schwere Arbeit zu schwach ist. Obendrein muß man einen Dummen nicht bezahlen, oder nur sehr gering, und die Kinder haben an ihm immer etwas zu lachen; sie können ihn für allerlei Spiele und Späße gebrauchen, ohne daß es ihnen einer verwehrt.

Dagegen ist ein Verrückter gefährlich.

Meist sieht man ihm von außen nicht viel an. Die Augen schauen vielleicht ein wenig wild, aber es gibt zu viele, die wild schauen und doch ganz gesund sind. Als Beweis ist das also nicht zu gebrauchen.

Wenn Verrückte nicht einen festen Posten in der Regierung oder in der Politik haben, wo man sie nicht mehr vertreiben kann, müssen sie in eine Anstalt. Die zuständige Anstalt für die Chlodnitzer Gegend befand sich in Tost, was dem Ruf des Ortes nicht unbedingt zuträglich war. Es soll schon vorgekommen sein, daß einer keine Arbeit bekam oder sich nicht zu anderen an den Tisch setzen durfte, nur weil er aus Tost stammte.

Verrückte kommen vorwiegend aus der Intelligenzija. Verrücktheit ist eine Verwirrung im Kopf; sie entsteht oft durch zu viel lesen oder zu viel wissen. Auch durch zu viel denken. Der Mensch kommt von einem Gedanken zum anderen, vom Hundertsten ins Tausendste, kann nicht mehr damit aufhören – und schon ist er verrückt geworden.

Manchmal geben sich derlei Verrückte durch Umsichschlagen, lautes Brüllen oder Anrichten von Schäden zu erkennen; dann kann es sein, daß man sie in eine Zwangsjacke steckt und nach Tost oder sonstwohin bringt.

Auch faseln Verrückte viel dummes Zeug, das keiner versteht. Doch selbst das ist kein sicherer Beweis, denn es kann sich dabei genausogut um Dichtung oder Literatur handeln. In solchen Fällen ist es besser, man wartet erst einmal ab, bis der Betreffende stirbt; wird er dann berühmt, dann war es gut, geschwiegen zu haben.

Ideen, die aus dem Wahnsinn kommen, werden lauthals verkündigt, da muß man aber nicht zuhören. Fällst du einem in die Hände, der ohne Pause redet, nie aufhört, und du kannst nicht fliehen, weil er zufällig an deinem Tisch sitzt, oder du triffst ihn auf der Straße, bist du verloren, bis ein Zufall dich befreit.

Am schlimmsten ist es in der Eisenbahn auf einer langen Fahrt. Da kann sich einer nur retten, indem er an der nächsten Station aussteigt. Dabei kann es freilich passieren, daß der Verrückte einem nachläuft, weil er irgend etwas noch nicht zu Ende gesagt hat – in so einem Fall ist der Mensch verloren.

Unter Künstlern ist der Wahnsinn, kann man sagen, gang und gäbe, ja er erfreut sich gar einer gewissen Beliebtheit und wird sowohl von diesen als auch von anderen sehr gepflegt. Viele gute Gesellschaften haben es ausgerechnet auf diese Sorte Künstler abgesehen und laden sie mit Absicht zu Festlichkeiten ein, um die Gäste zu unterhalten, insbesondere die Damen, die sich wie wild um solche Verrückten scharen.

Daß man die Künstler aber so lange frei herumlaufen läßt, wie es nur geht, liegt daran, daß sich eine Behörde, die deren Einweisung anordnen würde, vor der Geschichte leicht für ewig blamieren kann. Schlagen Sie im Lexikon der Kunst nach!

Weil, was heute Wahnsinn ist, ist in zehn Jahren oder vielleicht auch erst später Kunst. Man sagt ja, Wahnsinn und Genie lägen ganz dicht beieinander und sehr viele Künstler, die keine Genies sind, würden mit Absicht wahnsinnig, um so den Ruf eines Genies zu erlangen. Wofür lebt denn so ein Künstler, Herrschaften?! Doch nicht für Kraut- und Rübenzucht! Er will berühmt werden, und die Menschen sollen an ihn denken bis zum Jüngsten Tag.

So ist das.

Dumme sind nicht so gut dran wie die Verrückten, denn sie finden auf keinen Fall Aufnahme in die Geschichte einer Nation.

Na gut – manche schon.

Auch kommen Dumme, anders als die Verrückten, vorwiegend aus dem einfachen Volk. Sie lachen zuviel, womit ihre Dummheit in der Regel bereits bewiesen ist. Denn wo, bitte, gibt es schon etwas zu lachen auf der Welt?

Wir Vernünftigen entdecken nur Unheil, Not und Schlägereien.

Als Dummer wirst du geboren, oder dir fällt ein Gegenstand auf den Kopf, oder einer schlägt selbst mit dem Kopf auf die harte Erde, oder der Vater hat vor der Zeugung zu viel gesoffen, womit sich der Kreis auch schon schließt, weil die Geburt in diesem Fall die Ursache und Folge der Dummheit zugleich ist.

Ein Verrückter dagegen entsteht erst mit der Zeit.

Freilich kann er unentdeckt bleiben, wenn er sich ruhig verhält. Das kommt öfter vor, als man meint. Der neben dir steht, der mit dir ein Bier trinkt, dein eigener Bruder kann so einer sein. Du selbst bist ein Wahnsinniger und merkst es nicht, weil du dich zu ruhig verhältst.

Wenn alle Wahnsinnigen sich ruhig verhalten würden, wäre die Welt in Ordnung.

Hrdlak hatte die Schrebergärten erreicht und zwängte sich durch die engen Wege. Man hatte sie knapp bemessen, um keinen kostbaren Boden zu verschwenden. Die Erde gehörte hier den Zechen, die Zechen gehörten den Aktionären in Berlin und Dortmund oder dem Adel in der Umgebung. Was sie mal hatten, gaben sie nicht wieder her. Da konnten die Leute für jeden Meter froh sein, der ihnen für ihren Garten zur Pacht zugebilligt wurde. Der Weg war daher nicht mehr als ein schmaler Durchgang, gerade so breit, daß eine mittelstarke Person an den Zäunen rechts und links vorbeikam, ohne sich die Kleider übermäßig zu zerreißen. Wer zu dick war, drohte steckenzubleiben.

Für diese letzte Strecke brauchte Hrdlak länger als auf der Straße. Doch dann erreichte er den Garten der Holewas.

Für ein paar Reichsmark hatten die Holewas den Garten zur Verfügung gestellt, weil er größer war als der Garten der Dziubas und sie schon abgeerntet hatten. Da war nicht mehr viel zu zertreten, und im Winter würde sich die Erde schon wieder erholen.

Frau Dziuba hatte gesagt: »Lieber zahl' ich ein paar Mark, als daß ich mir meinen Garten zertrampeln lasse.«

Die Holewas' waren mit Geld nicht gerade gesegnet, und ein paar Mark haben oder nicht – da war es besser haben.

In Holewas' Garten angekommen, stellte Hrdlak den

Topf mit der Hühnersuppe vorsichtig ab, als wäre diese Arbeit das wichtigste auf dieser Welt. Er spürte nicht, wie der Fuß ihn schmerzte. Nichts verschüttet, die Suppe immer noch heiß, und er legte die Lappen rund um den Topf und über den Deckel wie über einen Schatz.

»Nimm dir doch mal was zu essen, Hrdlak! Und hier einen kleinen Schnaps.«

Der Dziuba war schon im Garten. Er hatte seinen guten Anzug an und wartete auf seine Frau, um mit ihr zur Hochzeitsmesse zu gehen. Aber Hrdlak wollte nur etwas Wasser.

»Hat sie dich wieder gehetzt, du armer Hund. Hrdlak, Hrdlak, was läßt du dir alles gefallen?«

Hrdlak nickte, wischte sich mit dem Ärmel das Wasser vom Stoppelbart und humpelte wieder zurück in die Jäschkestraße, den Topf mit dem Kartoffelsalat holen. Das Fleisch erst später. »Erst müssen sie die Suppe essen, dann gibt es eine Pause, währenddessen muß Hrdlak das Fleisch holen und wieder warmhalten«, hatte Frau Dziuba sich ein ums andere Mal gesagt.

Es lag zum Glück in der Brühe, dadurch würde es sich gut warm halten. Die Kartoffeln waren schön in saubere Lappen gewickelt, mehr konnten Hochzeitsgäste von einer Brautmutter nicht erwarten. Und der Hrdlak würde sich Beine machen, dafür hatte er viel zu viel Respekt vor ihr. Der Dziubowa. Wenn nicht, dann würde sie ihn schon zurechtstoßen, so einem Dummen mußte man immer wieder mal sagen, was er war, sonst parierte er nicht.

Dabei achtete sie immer darauf, daß sie ihn siezte.

Leute wie er verfielen nur allzu leicht darauf, einen zurückzuduzen, wenn man den Fehler beging, sie aus Versehen per du anzureden. Und sie sagte ›Herr‹ zu ihm, um sich nicht nachsagen zu lassen, sie würde sich über ihn stellen – ein Mensch war ein Mensch, das galt besonders für den Christenmenschen. Der sie war. Ob Hrdlak einer war, bezweifelte sie, denn sie hatte ihn noch nie in der Kirche gesehen. Und vielleicht war das auch besser so. Ein Dummer in der Kirche – das würde nur stören. Die singen falsch, sie beten vielleicht zu laut und nehmen einem auch noch den Sitzplatz weg.

Unterwegs in dem schmalen Gang zwischen den Gärten begegnete Hrdlak der Frau Dziuba, die inzwischen zu Hause gewesen war und dort alles der Reihe nach so zurechtgestellt hatte, wie er es holen sollte. Erst den Topf mit dem Salat. Danach das Fleisch mit den Kartoffeln. Dann das Kompott. Danach den Topf mit der Bowle.

Das Besteck hatte sie selbst eingepackt und hielt es in einer Tasche an die Brust gepreßt.

»Man kann so einem nichts Kostbares anvertrauen, wer weiß, ob er es gut hütet.«

Sie liefen sich dort in diesem engen Gang zwischen den Zäunen entgegen. Als sie sich hier das vorige Mal begegnet waren, hatte sich die Dziuba das Kleid zerrissen und sich noch einmal umziehen müssen, und das ausgerechnet heute, und so fluchte sie, war noch voll in Fahrt und hätte am liebsten dem Hrdlak eins in die Fresse gehauen: »Gott, verzeih mir, aber wenn sie die Gänge so eng machen, daß kein Pierron durchkommt, muß ich mir bissel Luft machen. Und Sie Dämlack gehen an die Seite, wenn Sie sehen, daß Ihnen eine Dame entgegenkommt!«

Der Hrdlak sagte: »Jajaja, geh' schon«, und drückte sich an den rechten Zaun.

Die Dziuba hatte ihr blaues Kleid mit dem weißen Kragen angezogen, das sie nur an großen Feiertagen trug. Das war sie ihrem Mädel an seinem Ehrentag schuldig. Jetzt zwängte sie sich an Hrdlak vorbei, wobei sie auf der anderen Seite die Tasche zwischen das Kleid und den Zaun hielt, und trat ihm dabei auf den Fuß. Was ihn sehr schmerzte.

Hier kam einer nur mit dem Drillichanzug durch.

»Schmaler können sie den Gang auch nicht machen. Das sind die verfluchten Grubenbesitzer – es bloß den Arbeitern nicht etwas bequem sein lassen. Und das nur, weil sie für die Wege keine Pacht bekommen wie für die Gärten. Haun Sie schon ab, bringen Sie den Salat. Die erste Schüssel. Und beeilen Sie sich! Fallen Sie bloß nicht hin, sonst sollen Sie mich kennenlernen.«

Man mußte sich die Leute, die nicht auf der gleichen gesellschaftlichen Stufe, also weiter unten standen, vom Leib halten. Niemals vertraulich werden, nur niemals vertraulich werden!

Besonders wenn man, wie sie, die Dziuba, ein Haus besaß, hatte man auf Abstand zu achten.

Sie nahm es dem Dziuba übel, daß er Leute duzte, welche sie *nie* geduzt hätte. Auch wenn ihm das Haus nicht gehörte, weil sie es mit in die Ehe gebracht hatte, so fiel das, was er tat, doch auch auf sie zurück.

Nach außen versuchten sie sich so zu benehmen, als führten sie eine gute Ehe. Dabei stand es zwischen ihnen längst nicht mehr zum besten. Der Grund war, daß der Dziuba sich so verändert hatte.

Er war früher ein fröhlicher Junge gewesen; keiner tanzte die Polka so lustig und den Jimmy so wild wie er. Er hätte jedes Mädel bekommen können, doch keine hatte ein Haus gehabt wie sie. Die Dziuba, damals hatte sie noch Maria Laimka geheißen, hatte das Haus von einer fernen, kinderlosen Tante geerbt, die sie wohl kannte, aber nur manchmal auf der Straße sah. Dann machte sie stets einen Bogen um sie. Die Tante Helene war ihr zu fein, zu etepetete gewesen. Trug Handschuhe im Sommer, vornehme Hüte und geschnürte Stiefel. Vielleicht wollte sie sich nicht von Arbeit beschmutzen lassen. Weil sie mit einem Grubenbeamten verheiratet war – diese Leute halten sich immer für etwas Besseres.

Sie hatten sich das Haus zusammengespart, wohnten jedoch nicht selbst darin, denn es hatte kein Wasser, kein Klo im Haus, nur hinten die Latrine. Dafür hatte es Licht.

Es gab drei Etagen. Auf jedem Stockwerk vier Wohnungen mit je einer Küche, einer Stube und einer Kammer. Keine Keller, auch sonst kein Luxus, aber die Fenster und Türen waren in Ordnung, sie hätten also ruhig selbst drin wohnen können. Doch das war ihnen nicht gut genug, weil den Grubenbeamten gar nichts gut genug ist, sie brauchen eine Extrawurst und verkehren mit den Arbeitern nur während der Arbeitszeit im Büro.

So wohnten sie zur Miete in einer Wohnung mit Badeofen.

Den Biedoki* die Wohnungen ohne Wasser, das war gut genug, aber selber einen Baaa-de-ofen!!

Mit Kupferkessel.

Und eine Küche mit elektrischem Ofen.

Eine Extragarderobe für Kleider.

Eine gesonderte Speisekammer.

Eine eigene Waschküche im Haus.

Eine Altane mit Verglasung.

Doppelfenster, damit die Wärme im Zimmer bleibt.

Kronleuchter.

Sogar Zentralheizung und ein Dienstmädchen.

Baaade-ofen. Die meisten wußten nicht einmal, wie einer aussah.

Jede der im ganzen zwanzig Quadratmeter großen Wohnungen in dem Haus, das Frau Dziuba von ihrer Tante geerbt hatte, brachte zwischen zwölf und sechzehn Reichsmark im Monat; mehr konnte man den Leuten nicht abnehmen. Die Grube verlangte von ihren Arbeitern auch schon zwölf Mark in den Grubenhäusern, dafür war aber Wasser auf jeder Etage. Und wenn es zu viele Wanzen gab, kümmerte sich die Grube darum, schickte vielleicht sogar einen Spezialisten.

Über die Miete konnte Frau Dziuba also nicht klagen. Dennoch konnte sie manchmal vor Kummer nicht schlafen. Da waren die Mieter, die oftmals nicht pünktlich zahlten, die hier und da etwas repariert haben wollten, »weil das Wasser von oben in die Wohnung« lief. Als ob man das nicht hätte aufwischen können, ein Mietshaus war schließlich kein Palast.

* wasserpolnisch: arme Leute

Noch schlimmer aber war der Neid ringsum, der an ihr zehrte. Den sie überall spürte.

Bist du reich, hast du keine echten Freunde mehr. Alle wollen dich nur noch anpumpen.

Wohl standen sie in der Straßenbahn auf und machten ihr Platz. Doch hörte sie manchmal hinter ihrem Rücken jemanden sagen: »Das ist die alte Dziuba. Haus-besitze-rin. Für die werden auch noch andere Zeiten kommen, warte nur!«

Oder jemand kam zu ihr und sagte: »Könn' Sie mir nicht was borgen, Frau Dziuba, Sie haben es doch?«

Diesen Neid, sie hörte ihn gleich an der Stimme heraus.

Und dazu dann noch der Ärger mit ihrem Mann, der zu nichts zu gebrauchen war.

Mit dem Haus ihrer Tante hätte die Dziuba damals jeden Jungen bekommen können, doch ihr Zukünftiger hatte eine gute Arbeit als Werkzeugmachergeselle gehabt, ein Beruf mit besten Aufstiegsmöglichkeiten. War immer sauber gekleidet und schön frisiert, und er hatte nicht zu viele Verwandte gehabt, die einem dann, wenn man ein Haus hat, immer auf der Pelle sitzen. Sie dachte gern an ihre Hochzeit zurück und hatte seinen Hochzeitsanzug eingemottet unten im Vertiko verwahrt, sie dachten ja immer, wenigstens *einen* Sohn zu bekommen.

Doch auch da hatten sie kein Glück.

MIT DEM GANZEN DZIUBA HATTE SIE KEIN GLÜCK.

Seit er aus dem Krieg kam, zählte er nicht mehr als Ehemann. Hatte in den Krieg gemußt, war zurückgekehrt, und aus war es mit ihm.

Er hatte zwei oder drei Schlachten erlebt und behauptete nun, er habe die Wahrheit über den Lauf der Welt begriffen.

»Ausgerechnet du, der Dziuba, hast was kapiert, ja«, hatte sie geantwortet und ihn nicht verstanden. »Dann erklär mir doch mal den Lauf der Dinge, du Klugscheißer.«

»Da sind ein paar Arschlöcher ganz oben, die können mit dir machen, was sie wollen. Sie können dir befehlen: Du bist ab jetzt Soldat, und schon schläfst du wie ein Schwein mit zwanzig anderen zusammengepfercht. Und wenn dir einer befiehlt: In den Dreck mit der Schnauze, friß die Scheiße, grab dich in die Latrine ein, dann ist das ein Befehl. Du führst ihn aus, denn sonst wirst du erschossen. Und dort drüben, diese und diese Leute, die knallst du ab, die läßt du an Giftgas ersticken, die mordest du hin. Erstechen, in die Luft sprengen – alles ist erlaubt. Und du mußt das machen. Dafür bekommst du einen Orden. Und wenn du dich weigerst, stellen sie dich an die Wand. Morden und morden. Sie halten sich die Menschen wie Hunde und hetzen sie aufeinander, und wem mehr Menschen übrigbleiben, der hat gesiegt. Das ist Politik.

Und den dort oben, den, der die Welt regiert, den habe ich auch begriffen. Schaut zu und lacht vielleicht gar, wie auf der Erde unten das Blut in Strömen fließt und die abgerissenen Arme und Beine nur so durch die Luft fliegen. Und alles ist ihr ganz recht so, der herzlosen Bestie, die sie Gott nennen, denn es heißt doch, nichts geschieht, was Er nicht will. Nicht einmal ein Spatz fällt vom Dach, wenn Er es nicht will.

Ich sag' dir mal was. Ich verfluche den Tag, an dem ich in diese verschissene Welt geboren wurde. Wenn das so ist, will ich hier nicht leben.«

Das war die letzte längere Rede, die er an seine Frau verschwendete, und ab da war es, als sei ein Graben zwischen ihnen.

Er hatte einen Steckschuß in der Lunge und eine Hand verkrüppelt. Der Vertrauensarzt stellte fest, daß dies für eine Vollrente nicht ausreichen würde, er könne noch eine Lagerarbeit ausführen. Ab da hatte er noch mehr begriffen.

Frau Dziuba vertrat die Ansicht des Vertrauensarztes: »Er würde nicht *Vertrauens*arzt heißen, wenn man ihm nicht trauen könnte. Der Mann hat doch nicht umsonst studiert, oder was?«

Da wurde der Graben zwischen ihnen noch tiefer. Er hätte auch ohne Arbeit bleiben können, dann wäre er auf die Mieteinnahmen seiner Frau angewiesen gewesen. Das nahm er nicht an.

Wenn der Graben erst einmal aufgerissen ist, nimmst du nichts mehr vom anderen an. Etwas von jemandem anzunehmen bedeutet, daß zwischen dir und dem anderen alles in Ordnung ist.

Von da an nannte der Dziuba seine Frau nur noch Marri. Eigentlich hieß sie Maria nach der Muttergottes, und als Kind war sie Marenna gerufen worden, weil sie so ein Teufel war. Für ihn war sie jetzt die Marri, wobei er die letzte Silbe überbetonte. Wie die Spitze eines Messers auf die Welt gerichtet klang das.

Er bekam eine Arbeit im Werkzeugmagazin im Westschacht. Mußte dort Schrauben stapeln. Und was er verdiente, klagte die Dziuba gern, reichte nicht einmal für den Tabak, den er in die Luft blies.

Nein, mit ihrem Mann hatte Frau Dziuba kein Glück gehabt.

Warum nur hatte sie ihn geheiratet und nicht zum Beispiel den Sohn vom Gurski. Der war auch im Krieg gewesen, aber er hatte sich nicht davon unterkriegen lassen. Im Gegenteil. Im Feld hatte er die Verwundeten bearbeitet, und wenn der Stabsarzt zuviel Arbeit gehabt hatte, hatte er auch schon mal selber Beine und Arme absägen dürfen. Nach und nach hatte er darin so viel Geschicklichkeit, ja gar Freude an der Arbeit entwikkelt, daß er nach dem Krieg eine eigene Fleischerei aufmachte – und das bitte: als Ungelernter. Heute gab es bei Gurski die beste Wurst weit und breit. Da arbeiteten der alte Gurski mit und die Mutter, und die Schwester auch. Und der Gurski selber nahm sich eine aus Leopschütz als Frau und gleich mit ins Geschäft, das ging dort ab wie eine Rakete, die hatte sich angelernt und beherrschte nun die Buchführung doppelseitig aus dem Effeff. Und er hatte schon wieder Kinder, die sich auch für das Schlachten interessierten, so klein, wie sie waren, schlachteten sie schon das Kleinvieh, Karnickel ausgenommen, dafür brauchte man mehr Kraft, weil die so zappelten.

Und der Dziuba? Was machte der statt dessen? Schlich den ganzen Tag nutzlos im Magazin herum und stapelte Schrauben. Nachts, im Bett, schnarchte er wie ein Wildschwein, und am Sonntag, wenn er nicht zur Arbeit mußte, trieb er sich die meiste Zeit untätig in ihrem Garten herum und stand mit dem Bunzlauer, dem der Garten zwischen ihnen und den Holewas gehörte, am Zaun.

Der Bunzlauer war mit ihm in derselben Kompanie gewesen – Fügung oder Schicksal oder vielleicht auch nur, weil sie gleichzeitig gemustert worden waren. Sie hatten zwei Schlachten miteinander überlebt. Das schweißte einen zusammen.

Der Bunzlauer hatte keine Verwundung. Wenn sie sich unterhielten, dann sagten sie meistens nichts. Standen bloß am Zaun, der Bunzlauer in seinem Garten, der Dziuba in ihrem.

Eben wieder sah sie ihren Mann mit dem Bunzlauer zusammen, nur daß er sich diesmal im Garten der Holewas befand. Während sie sich die Seele aus dem Leib hetzte, um die Hochzeitsfeier zu organisieren! Da sollte sie keine Wut bekommen!

»Kannst du verfluchter Pierron nicht auch mal was anpacken, wenn du schon siehst, wie ich mir die Beine aus dem Arsch renne?«

Sie war im Garten angekommen und bellte den Dziuba schon aus der Ferne an, wobei sie darauf achtete, daß nicht allzu viele Leute in den Gärten mithörten. Und wenn schon, dachte sie im selben Augenblick, sollten sie es nur hören! Sie sollten ruhig wissen, was für einer er war.

»So was, steht hier rum, als ob es nichts Besseres zu tun gäbe. Komm, komm, du Nichtsnutz, mach, daß du weiterkommst, es ist höchste Zeit, daß wir in die Kirche gehen. Die Messe fängt gleich an.«

Indes saß Else, das Mädel, die Braut, Frau Dziubas ältere Tochter und zukünftige Frau Mainka, in der Kirche und wartete auf den Bräutigam. Es würgte sie im Hals, sie duckte sich, als wollte sie von den Leuten auf den Kirchenbänken hinter sich nicht gesehen werden, denn wenn er nicht kam – das würde sie nicht überleben.

Neben ihr saß die Trauzeugin Erna Sachnik, auf der anderen Seite als zweiter Trauzeuge deren Mann Victor. Hannek hatte auf ihm bestanden, denn er war ein Saufkumpan. Else hatte ihn nicht als Trauzeugen gewollt, weil er stank. Allerdings hatte sie sich vergeblich gewehrt: »Der Mann ist der Herr im Haus, das merk dir schon mal für die Zukunft«, hatte der Hannek bloß gesagt, und sie hatte nicht weiter widersprochen; sie wollte ihn ja nicht reizen.

Der Sachnik stank grundsätzlich nach Fusel, heute aber zusätzlich nach Juchten-Parfüm, mit dem er sich eingesprüht hatte, um die Schnapsfahne zu übertünchen. Dazu kam der Geruch nach Mottenkugeln, die er vergessen hatte, aus den Taschen des Jacketts zu nehmen.

»Die Mottenkugeln! Victor, die Mottenkugeln. Nimm sie raus aus den Taschen!«

Erna zischte die Worte an Else vorbei, bis er es verstand und ihr eine Handvoll hinüberreichte. Sie saßen in der ersten Kirchenbank, und Erna versuchte, indem sie sich hinkniete, die Kugeln mit so viel Schwung nach hinten zu rollen, daß sie die letzte Bankreihe erreichten, wo es Durchzug gab und sich der Geruch vielleicht durch die Tür verlor. Dabei war das gar nicht nötig, weil hier alle nach Mottenkugeln rochen. Es gelang Erna freilich nicht; die Kugeln blieben in der dritten Reihe liegen, weil dort gerade jemand kniete.

Der Hannek war noch immer nicht da.

Zwischen Rudolf und Else war es gestern zu einer kleinen Auseinandersetzung gekommen, weil der Mainka im Stall, wo sie Holz stapeln, versucht hatte, sich ihr intimer zu nähern, als die Brautvorschrift es zuließ. Er hatte geglaubt, sich einen Vorschuß auf die Hochzeit erwirken zu können, indem er ihr mit der Hand unter den Rock ging. Und das hatte sie nicht gewollt. Gut, man konnte streiten, wo die Unkeuschheit begann, welche Stelle des Körpers also unter die Sünde fiel, doch für sie stand es immer fest: Dort, wo es dir anfängt, heiß zu werden, dort ist es.

Er hatte daraufhin eine Bierflasche – für gewöhnlich hatte er immer ein Bier in der Hand – gegen die Stallwand geknallt, und jetzt hatte Else Angst, er würde vielleicht nicht zur Hochzeitsmesse erscheinen. Würde ins Nachbardorf fahren oder sich verstecken, wo man ihn nicht fand. Dann säße sie da. Hier. Also in der Kirche. Der Pfarrer wartet, die Gäste sind geladen, die Kirchenbesucher beten schon lange vor sich hin – das überlebt keine Braut.

Er hatte also die Bierflasche gegen die Stallwand geknallt, so daß die Frau Knosalla aus dem Parterre herauskam und sofort verstand, was da passiert war. Dann war er weggerannt und hatte noch gebrüllt: »Soll ein Mann bei seiner eigenen Frau etwa nicht bekommen, was er braucht? Aber damit du's gleich weißt: Ich bin nicht auf dich angewiesen. Bei der Dziurka bekomme ich alles.«

Hinter ihnen fing jemand an, den Rosenkranz laut zu murmeln. Andere schlossen sich an. Erstens schadete das nicht, und zweitens verging die Zeit schneller.

Die Dziurka.*

Die Dziurka war die Frau für alle. Nicht mehr jung, nicht schön war sie, doch sie war gütig. Sie verlangte nicht viel Geld, manchmal gar nichts. Sie war Witwe; ihr Mann war in der Grube verschüttet worden, und sie bekam Rente von ihm. Zusätzlich verdiente sie sich etwas auf andere Weise dazu, und sie hatte auch noch ihre Freude daran. Denn sie liebte diese Art von Beschäftigung und brachte es darin zu einer großen Meisterschaft, ja sie war sogar der Gräfin Roselka aus Czipude, was den Kosakenritt anging, nun gut, vielleicht nicht überlegen, aber doch mindestens ebenbürtig.

Die Roselka war zehnfache Witwe, und es hieß, alle ihre Ehemänner seien beim Geschlechtsakt zu Tode gekommen, was juristisch nun einmal nicht einwandfrei als vorsätzlich geplanter Mord oder heimtückisch herbeigeführtes Ableben nachzuweisen sei. Und diese Roselka, so sagte man, sei im Kosakenritt unübertroffen, und jeder im Umkreis von fünfunddreißig Kilometern – das war in etwa der Radius, der mit dem Pferdefuhrwerk (Autos gab es nur in adligen Kreisen) zu bewältigen war – jeder also träumte davon, nur einmal mit Roselka die Weiten Rußlands auf Vogelschwingen zu durchfliegen, bevor die Gicht und das Rheuma ihre Pflicht tun würden.

In dieselbe Klasse waren auch die seelischen und kör-

* dziurka – wasserpolnisch: Löchlein

perlichen Qualitäten der Witwe Dziurka einzuordnen, nur merkte es keiner der Chlodnitzer Gorole* jemals. Sie kamen, machten etwas hin und her und legten fünf Mark auf den Tisch.

Man munkelte, daß auch ihr Mann keines natürlichen... Aber was hieß natürlich? Nichts ist doch natürlicher, als so zu sterben, wie das Leben entstand.

Wäre sie schöner gewesen und hätte sie in Berlin, Wien oder Paris gelebt, hätte sie es in den gehobenen Kreisen sicher zu allergrößtem Ansehen gebracht. Hätte vielleicht einen Baron oder Großindustriellen ehelichen können und wäre gut versorgt bald wieder geschieden worden – Fähigkeiten wie sie sie besaß, wurden in der Welt mit Gold aufgewogen.

Else glaubte, daß Rudolf schon einmal bei der Dziurka gewesen war. »Wenn das rauskommt, Mama, dann bring' ich ihn um. Oder mich«, sagte sie. Sie war noch zu jung, um zu wissen, daß ein großer Unterschied zwischen beiden Möglichkeiten war.

Wie die Else haßten die meisten Frauen die Dziurka. Weil sie mit ihren Männern rummachte. Und dabei nie ein Kind bekam. Wo blieb da die Strafe, wo die Gerechtigkeit? Wurde nie schwanger, während jede andere, wenn sie sich nur einmal hinter der Friedhofsmauer oder in einer Laube eine kleine Schwäche erlaubte, mit Sicherheit einen dicken Bauch bekam.

So wie die Neschka etwa, die Schwester von Rudolf Mainka. Ein einziges Mal hat sie sich einem Polizisten hinter der Polizeiwache, obendrein im Winter und also

* wasserpolnisch: Gebirgsbewohner, eher Schimpfwort

bei voller Bekleidung, für nicht mehr als eine halbe Minute aufgeopfert. *Zack* – ein Kind. Und als es um die Vaterschaft ging, stritt der Schweinehund alles ab. Brachte obendrein noch drei andere bei, die unter Eid aussagten, sie hätten auch Intimitäten mit ihr ausgetauscht. Also bekam das Kind keinen Vaternamen und war gezeichnet auf Lebenszeit. Wie seine Mutter auch.

Doch nicht alle Frauen haßten die Dziurka. Manche waren froh, daß sie gegen geringen Lohn die ehelichen Pflichten übernahm, denen sie selbst nicht mehr nachkommen wollten.

Ganz gelegen kam die Dziurka auch den Müttern, die das Leben kannten. Wenn ihr Junge am Sonntag zu Hause herumsaß, und die Pickel drückten ihn am Kragen, er schwitzte auffällig, rutschte mit dem Hintern von hier nach da und von da nach hier und war ihnen bei der Küchenarbeit im Wege, dann gaben sie ihm schon mal eine Mark und sagten: »Jungele, geh dir bissel zu der Dziurka und mach ihr ein kleines Geschenk, du bist doch schon ein Mann, chlopetschku*.«

Schon erhellten sich die Gesichtszüge des Jungen, und wie auf Schmetterlingsflügeln eilte er aus dem Haus. Kam dann frisch und fröhlich wieder, nahm sich einen Fußball, ging hinter das Haus und knallte ihn pausenlos in das leere Tor, das mit weißer Kreide an die Hauswand gemalt war.

Jeder Schuß ein Tor, und der ganze Mann ein Sieger.

Die Jungs brauchten das. Sie waren fünfzehn, arbeiteten seit einem Jahr untertage. Bekamen nur den Knap-

* wasserpolnisch: Jungchen

penlohn, sofern sie die Laufbahn des erlernten Bergmannes anstrebten – und sonst hatten sie nichts.

Nur die Dziurka.

Die Dziurka gab manch einem seine Mark wieder mit und packte ihn noch mal umsonst an die Hose – bitte, wo gab es das?

Also nichts gegen die Dziurka.

Manchmal traf der Pfarrer Urbanczik die Dziurka und sagte: »Frau Dziurka, Frau Dziurka. Möchten Sie nicht auch einmal zur Beichte kommen und Ihr Gewissen vor Gott erleichtern?«

»Ich habe keine Sünden, Herr Pfarrer? Ich bitte Gott jeden Tag um Vergebung, indem ich bete.«

»Ja, ja, Frau Dziurka. Aber vergessen Sie nicht, der Herr hat viel mehr Freude an einer Sünderin, welche zu ihm kommt...«

Dann war er sich nicht mehr sicher, wie es geschrieben stand. Ihm fiel ein, daß Jesus zu einer Kurtisane gesagt hatte: »...was du getan hast, wird Gott mehr erfreuen, als was die Betschwestern...«

Aber auch das brachte er nicht mehr richtig zusammen, und so nickte er mit dem Kopf und ging weiter.

Der Hannek war an diesem Abend nicht zur Dziurka gegangen, weil er sich erst ein wenig Mut antrinken wollte. Auch war er wegen der Hochzeit zur Beichte gewesen, das bremste ihn ein wenig.

Ging also zum Sedlaczek sich besaufen. Saufen war keine Sünde. Trank einen, trank zwei und blieb dort hängen, bis er vom Stuhl fiel, wo sie ihn liegen ließen, bis der Sedlaczek die Bude zumachte.

Dann holten sie seine Brüder, die fuhren ihn mit dem Handwagen nach Hause.

»Hannek, Hannek, du verfluchter Pierron, was soll aus deiner Hochzeit werden?«

Es war keine Sorge, die sie quälte, es war eine gewisse Bewunderung für einen, der so viel vertrug. Und sie trugen ihn in die Wohnung und kippten ihn auf die Matratze in der Kammer.

Muß extra erwähnt werden, daß der Hannek am nächsten Morgen natürlich verschlief? Daß er zehn vor zehn immer noch schnarchte wie ein Waldesel und daß die Hochzeit um zehn festgesetzt war? Und daß die Schnapsfahne bis über das Hausdach auf die Straße zu riechen war?

Aus dem Fenster raus, dann vom aufsteigenden Wind nach oben getragen, über das schräge Dach, und dann wieder vom Fallwind nach unten gedrückt.

Im Hof roch man davon nicht so viel, weil der Geruch aus der Latrine alles übertünchte.

Es war Rudolfs Schwester Neschka, die in der Kirche etwa um diese Zeit der Gedanke überfiel, daß der Hannek noch zu Hause in der Kammer liegen könnte. Sie schlich sich hinaus, damit es nicht auffiel, denn wenn das falsch verstanden worden wäre, hätte man denken können, der erste Hochzeitsgast ginge bereits nach Hause, und dann wären die anderen vielleicht nachgefolgt. Rutschte also ans Ende der Kirchenbank, kniete sich hin und ging gebückt durch die linke Seitentür über den Gottesacker und durch die hintere Friedhofstür hinaus, dann über das Feld und schnurstracks nach Hause.

Ohne sie würden sie heute noch in der Kirche sitzen und auf ihn warten. Und aus Langeweile den Rosenkranz beten, immer wieder von vorn, eine Leier ohne Ende.

Neschka hörte ihn schon von der Straße her aus der Kammer schnarchen.

Sie in die Küche, einen Eimer holen.

Mit dem Eimer in den Hof, Wasser pumpen.

Mit dem Eimer in die Kammer und egal, ob die Matratze naß wurde, das Wasser dem Hannek über den Schädel gegossen.

Rudolf fluchte: »Was ist los, was soll das? Welcher verfluchte Pierron stört mich so früh am Morgen?«

»Hochzeit ist, du pijak*, verdammter!« brüllte Neschka. »Und du schläfst, besoffen wie ein Schwein. Raus, sonst gibt's eins in die Fresse.«

»Hochzeit? Wo ist Hochzeit?«

»Bei dir ist Hochzeit, du szlimok**, verfluchter.«

»Ich scheiß' auf die Hochzeit, damit du's weißt.«

»Auf nichts scheißt du! Du heiratest gefälligst, jetzt ist es zu spät, daß du's dir anders überlegst.«

Und damit zog sie ihn aus der Kammer.

»Man muß Mitleid haben mit jedem Mädel, was dich heiratet. Sie soll sein, wie sie will, ich möchte sie nicht geschenkt haben, aber was du angefangen hast, das machst du jetzt auch zu Ende.«

Neschka begoß ihn noch einmal; das Wasser wischte sie zur Türe hinaus. Dann gab sie Rudolf einen Unter-

* wasserpolnisch: Säufer

** wasserpolnisch: etwa »blöder Kerl«

rock von der Mutter zum Abtrocknen; die Handtücher hingen auf dem Boden zum Trocknen.

»Das Mädel heult schon Rotz und Wasser, ich gönn' ihr das, was heiratet sie auch so einen czulok* wie dich.«

Rudolf Mainka fiel um, aber sie half ihm wieder auf und stellte ihn an den Tisch, damit er nicht wieder umkippte. Sie holte den Hochzeitsanzug, ein Erbstück von einem Bruder des Vaters. Hochzeitsanzüge sind Gott sei Dank öfter verwendbar. Man trägt sie schließlich nur einen Tag, und dann sind sie übrig. Erst trug ihn der Bruder des Vaters, dann seine drei jüngeren Brüder, einer nach dem anderen, und nun hat ihn der Hannek, und wenn er ihn nicht vollkotzt, können ihn noch sein Sohn und dessen Sohn und wer weiß, wer noch alles tragen. Schließlich bleibt der Schnitt eines guten Anzugs ewig modern. Hier ein wenig die Hose gekürzt, dort die Schulter eingenäht, schon hat der Mensch wieder etwas nach dem allerletzten Schrei.

Das ist bei Kleidern für die Damen nicht so. Was aber auch von deren Unbescheidenheit kommt. Sie müssen immer das allerneueste haben.

Nehmen wir doch zum Beispiel das Hochzeitskleid!

Es darf nicht geliehen sein, nicht gestohlen, nicht geflickt und nicht gestopft. Es darf nicht aus Versehen eine Steck- oder eine Nähnadel darin stecken. Es darf keinen Hohlsaum und sollte möglichst nicht mehr als zehn Knöpfe haben. Selbstverständlich sollte es spätestens am Tag der Hochzeit bezahlt worden sein; wobei das Geld aus keinem aufgedeckten oder bereits bestraften

* Schimpfwort. Etwa dämlicher Kerl (wasserpolnisch)

Diebstahl herrühren darf – kurzum, all das brächte Unglück in der Ehe.

Else Dziuba hatte ein in jeder Beziehung makelloses Brautkleid. Was nichts anderes hieß, als daß Gottes Segen auf ihrer Ehe liegen würde.

Frau Dziuba hatte persönlich über das Kleid gewacht. Hatte die Nähte geprüft, denn aufgetrennte Nähte, hängende Knöpfe, geraffte Fäden – alles hätte Unglück gebracht. Kein Buckliger oder Schwachsinniger durfte das Kleid berühren. Es durfte nicht im Durchzug hängen – und was es sonst noch an alten Weisheiten und Regeln gab, die über Generationen von Mutter zu Tochter weitergegeben wurden, und die alle strikt befolgt sein wollten, wenn eine Ehe glücklich werden sollte.

Rudolf Mainka seinerseits hatte sich für die bevorstehende Hochzeit eine Fliege gekauft, denn das hatte sich hier noch keiner getraut. Krawatten waren Tradition. Er aber, immer salopp und allen voraus: Fliege. Die Fliege kam aus Berlin. Selbstbindend und obendrein rot.

»Die Leute werden von meiner Hochzeit noch nach Jahren reden«, hatte er in der Kneipe verkündet.

Doch weil er in seinem Suff nichts mehr davon wußte, schob ihn seine Schwester so aus dem Haus. Als Rudolf unter der Türe noch einmal umfiel, brüllte Neschka: »Beeil dich endlich, verfluchter pijak, sonst tret' ich dir in den Arsch, daß dir die Glocken vier Wochen in den Ohren läuten.«

Und dann zog sie ihn wie einen Handwagen hinter sich her zur Kirche.

Als Rudolf Mainka schließlich eine dreiviertel Stunde zu spät in der Kirche ankam, hatte er die Fliege zu Hause vergessen. Ein Hochzeitsgast mußte ihm mit seiner Krawatte aushelfen, woran man sehen kann, daß alles fast immer ganz anders kommt, als man denkt.

Die Else war an den zurückgehaltenen Tränen so gut wie erstickt. Wobei sie überlegte, wenn er nicht käme, dann könnte sie doch als Witwe auftreten, denn standesamtlich waren sie schon getraut. Dann fiel ihr aber ein, daß Pfarrer Urbanczik gesagt hatte, die standesamtliche Trauung habe weder vor Gott noch vor der Kirche Gültigkeit. Umgekehrt hatte es auf dem Standesamt geheißen, die kirchliche Trauung habe vor der Behörde keine Gültigkeit, wenn die standesamtliche nicht vollzogen sei. Was sie im Kopfe verwirrte, den Gedanken jedoch nicht auslöschte, wie die Leute von Chlodnitze sie auf der Straße ansprechen würden: »So jung und schon Witwe, mein Gott, was müssen Sie gelitten haben. Frau Mainka, was haben Sie durchgemacht!«

Mit siebzehn ist der Mensch noch eine schöne Witwe und hat einen ganz anderen gesellschaftlichen Status als etwa eine, die sitzengelassen worden ist. Nur wäre dazu nötig gewesen, daß Rudolf ums Leben gekommen wäre. Daß er tot wäre, sozusagen.

Aber es passiert ja auch so schnell etwas. Da geht einer über die Straße, und ein Pferd geht durch. Der Mensch ist nicht schnell genug, weil er so besoffen ist, daß er sich nicht mehr rechtzeitig von der Straße erheben kann, und schon kommt er unter eine Fuhre.

Oder die Straßenbahn! Wie leicht kann einen die Straßenbahn überfahren!

Gerade da hörte sie, daß Rudolf endlich im Anmarsch war. Seine Schwester Neschka schob ihn, wobei sie ihn hinten unauffällig an der Jacke hielt, mit Gepolter durch das Kirchenschiff, damit auch der Pfarrer in der Sakristei hörte, daß der Bräutigam eingetroffen war.

Gott, wie er stank. Obwohl der himmlische Raum bereits so gut wie voll war, und jeder der Besucher etwas mitbrachte vom Duft seiner Familie, roch man die neuerliche Schnapsfahne deutlich heraus. Da half es nichts, daß die Kirchenkuppel hoch war und sich viele Gerüche nach oben verziehen konnten – man roch es gut.

So stank also auf der einen Seite neben der Braut der Trauzeuge, auf der anderen der Bräutigam. Fast hätte Else sich für Rudolf schämen müssen, wenn nicht zum Glück, wie immer bei jeder Hochzeit, hinten im Kirchenschiff der alte Krupa gesessen wäre. Der war ein Invalide, der sich die kleine Rente ein wenig aufbesserte, indem er zu allen Hochzeiten erschien, den Brautleuten die Hand schüttelte und ihnen von Herzen viel Glück wünschte. Dafür bekam er immer etwas ab von den Fläschchen, den Flaschen, den guten Tropfen Schnapses, die auf einer rechten Hochzeit sowohl dem Brautpaar als auch den Gästen zur Stärkung gereicht wurden.

Krupa, der immer nach Fusel roch, weil es das einzige war, was ihn noch am Leben hielt, achtete dabei darauf, daß seine Fahne die Hochzeitsgäste nicht störte. Weshalb er vor so einer heiligen Messe jedesmal ein paar Zwiebeln aß. Ohne Brot. Was die Schnapsfahne etwas abschwächte. Und der Zwiebelduft fiel meist nicht auf, weil hier fast alle Menschen reichlich Zwiebeln aßen.

Also war heute auch nicht genau feststellbar, woher welcher Geruch kam – Zwiebeln, Knoblauch, Mottenkugeln, Schnaps, Weihrauch und Parfüm, alles durcheinander –, und das beruhigte die Braut bis zu einem gewissen Grad. Zumal sie sich selbst einparfümiert hatte und in Anbetracht des heiligen Anlasses mit dem Parfüm nicht gespart hatte. Eine neue Flasche Eau de Cologne 4711 – sie verwendete schon immer nur das Beste – hatte sie geöffnet und sich damit überall betupft, bis die mittelgroße Flasche zu zwei Mark fünfundneunzig halb leer gewesen war.

Die Hochzeitsmesse lief ohne Zwischenfälle ab. Einmal stolperte der Pfarrer Urbanczik, der auch morgens schon gern ein Gläschen Wein trank, doch hatte er nichts in der Hand, was hätte herunterfallen können. Der Organist war ein pensionierter Lehrer, der hier für Gottes Lohn spielte. Die Leute sangen mit, nicht schön, wie man in der Kirche halt so singt. Frau Dziuba hätte sich den Kirchenchor gewünscht. Doch der Mensch kann nicht alles Schöne haben, was die Welt zu bieten hat. Dafür hatte Frau Dziuba die Heidi Zdruck zur Hochzeit eingeladen, unter der Bedingung, daß sie zur Messe ging. Sie sang ja wie ein Cherubim, mein Gott, so schön und hell. Leider kam sie nicht. Seit sie einen Evangelischen kannte, blieb sie öfter der Messe fern.

Zuvor war da ein anderer Organist gewesen, doch der hatte aufgeben müssen. Zuletzt hatte er nur noch mit je einem Finger an jeder Hand gespielt. Gicht. Und dann hatte sich auch noch der letzte Finger so gebogen, daß er mit den Knöcheln spielte. Zwar war das bei der Kirchenmusik nicht ganz so tragisch, weil bei der Orgel braucht man oben nur leicht auf die Tasten zu drücken, unten die Füßen machen die eigentliche Arbeit. Doch der Organist wollte nicht mehr. Und also mußte der Lehrer einspringen, der freilich selbst ohne Gicht nur halb so schön spielte wie der alte Organist.

Hannek war mager, wie er so dasaß. Grün im Gesicht, eher schwindsüchtig. Ein muskelloser Mensch. Hering, Kartoffeln, Wassersuppe und kaum einmal Fleisch – davon lebten die Mainkas seit jeher. Und von Schnaps, wie deutlich zu riechen war.

Einmal noch mußte die Else sich würgen, weil die Tränen wieder hochkamen. Dabei hätte sie nicht sagen können, ob es deswegen war, weil Rudolf dann doch noch gekommen war, nachdem sie ihr Schicksal als Witwe schon auf sich geladen hatte, oder ob es nur die letzten Heuler waren, weil es so lange gedauert hatte.

Überhaupt hatte sie auf einmal etwas Bedenken, ob es gut war, den Hannek zu heiraten. Denn wenn sie ehrlich war, liebte sie einen anderen. Sie hatte es vielleicht nicht wahrhaben wollen, aber jetzt war es ihr klarer denn je zuvor. Es war ein ›Schwarm‹, wie er nur im Film vorkommt. Er war unerreichbar für sie, weil er eine andere hatte. War so gut wie verheiratet. Fast verheiratet mit ihrer Cousine Luzie Chudzka, die bald schon Luzie Adamczyk sein würde.

Der Adamczyk – Dieter mit Vornamen – war Friseur. Immer adrett gekleidet. Die Haare jederzeit gepflegt bis zum äußersten. Die Hosen gebügelt – und von einer Zuvorkommenheit, wie man sie bei normalen Menschen nicht fand.

Es war ein so feiner Mensch! Und wie er roch! Parfüm oder Haarwasser, sie war ihm noch nicht nahe genug gekommen.

Else dachte viel an ihn. Auch jetzt, und sie hatte schon große Bedenken, ob es sich etwa um eine Sünde handelte, als sie den Gedanken an ihn selbst bei der heiligen Kommunion nicht wegfegen konnte. Doch ehe sie sich's versah, war die Kommunion schon vorbei, und dann war keine Zeit mehr, an den Dieter zu denken. Wie aus weiter Ferne hörte sie sich dem Pfarrer das Ehegelöbnis nachsprechen, spürte, wie Hannek ihr, ein wenig grob, den Ring an den Finger steckte, sah, als sie die Stufen vom Altar hinabstieg, wie ihrer Mutter die Tränen in den Augen standen, und dabei wußte sie doch gar nicht, daß ihre Tochter eben den Falschen geheiratet hatte.

Wie in Trance war das alles an ihr vorübergegangen, erst vor der Kirche wachte sie wieder auf.

Die Sonne hatte sich verzogen, es war wolkig, und der Hannek drängte sich mit seiner Schnapsfahne an sie.

Der Hannek war die Wirklichkeit, vorbei der Traum vom Glück mit Dieter.

»Zerreiß mir nicht das Brautkleid, das bringt Pech!« sagte sie und drängte sich, Zuflucht suchend, an einen alten Onkel: »Auf der Hochzeit muß sich die Braut um alle Gäste kümmern, nicht wahr, ihr Lieben alle?«

Sie erwischte den Onkel am Arm. Kann sein, daß er Wilhelm hieß, nach dem Kaiser, und sie erschrak zutiefst, denn der Arm ging ab, und sie taumelte. Sie hatte nie gemerkt, daß ihr Onkel einen Holzarm hatte.

»Nehm dir den anderen Arm, Mädel!« Er lachte, als sei ihm ein guter Witz gelungen, und zwinkerte einer Frau neben sich zu.

»Wie schnell doch so ein Mädel groß wird und ins Leben tritt. Wie alt sind Sie jetzt, liebe Braut?« ergriff diese die Gelegenheit, auch ein Wort an die Braut zu richten.

»Siebzehn, Frau Koziolek«, sagte Else, und bevor sie noch weiterreden konnte, brachten die Gäste auch schon den ersten Toast aus: »Hoch sollen sie leben, hoch sollen sie leben! Und tausend Jahre Glück, und mögt ihr viele Kinder kriegen, ihr lieben Brautleute. Auf daß Gottes Segen für immer über euch sei, Prost!«

Die ersten Schnapsflaschen waren ausgepackt worden; einer hatte vornehm zwei Gläschen mitgebracht, weil auch gebildete Herrschaften hätten dabeisein können, die nicht gerne aus der gemeinsamen Flasche tranken. Wegen der Bazillen.

Jemand hatte für die Damen Likör mitgebracht; Frauen vertrugen den braunen Schnaps nicht so sehr, wurden davon manchmal ohnmächtig oder gar blind.

Die Flaschen kreisten, und schon kam die gute Stimmung auf, wie sie für eine Hochzeit nötig ist.

Die meisten waren noch ohne Frühstück, weil sie zur Kommunion hatten gehen wollen. Da darf ein Christ vorher nichts essen.

Die Hedel freilich war nicht dumm gewesen und hatte in einer Tragetasche Streuselkuchen und Kartoffelsalat mitgebracht. »Habt ihr gesehen: unsre Hedel, so jung und schon so klug. Eine Dziuba ist eben nicht auf den Kopf gefallen. Hast du auch schon einen zum Heiraten, Mädel?«

Die Hedel wurde ganz rot im Gesicht und war froh, daß sie nicht darauf antworten mußte, denn schon fragte ein anderer dazwischen: »Wo ist denn die Mutter der lieben Braut?«

»Ist schon zum Garten vorausgeeilt – kommt alle, gehen wir ihr nach!« sagte Else und hakte sich geschwind bei einem der Gäste ein, damit ihr der Hannek nicht wieder zu nahe kam.

Als sie die Schrebergärten erreichten, drängte sich Hrdlak noch schnell vor ihnen mit der Schüssel Salat in den engen Gang zwischen den Zäunen. Hochzeitsgäste haben es nicht eilig, und hätte er erst hinter ihnen den schmalen Weg betreten, hätte die Dziuba ihn angeschnauzt, weil er zu lange wegblieb.

Hrdlak war nun nicht mehr allein, sondern ein älterer Herr trug den eisernen Topf mit der Hauptspeise für ihn. Es war Zwi Bogainski, sein Nachbar dort auf dem Grundstück mit dem Pferdestall.

Im Durchgang kam ihnen Frau Dziuba schon verärgert entgegen: »Komm' Sie, Hrdlak, beeilen Sie sich, da sind schon die Gäste, und Sie machen so langsam! Und Sie da, wenn Sie ihm helfen wollen, Sie sollen das nicht. Der Hrdlak kann das schon ganz alleine.«

Das sagte sie zu Zwi, der sich noch vor Hrdlak in den schmalen Weg gezwängt hatte. Hrdlak humpelte hinterher, Frau Dziuba lief voraus, und dann folgten langsam die Gäste, manche schon mit fröhlichem Saufgelächter.

»Komm' Sie, stellen Sie das in die Laube! So!! Stellen Sie sich dorthin, ich geb' Ihn' gleich was zu essen.«

Zwi Bogainski war ein Mann von vielleicht sechzig Jahren und trug eine Brille. Seine Kleider waren in Ordnung, auch von gutem Schnitte und bester Qualität, was den Stoff anging, doch waren sie nicht mehr neu und schon ziemlich abgetragen. Er war nicht rasiert und eher mager. Was sein Äußeres anging, schien er nicht aus Chlodnitze zu sein.

Er stellte den Topf ab, nahm dann Hrdlak beim Ärmel und zog ihn rasch aus dem Garten, damit man nicht annahm, sie gehörten dazu. Er wußte, das wäre Frau Dziuba peinlich gewesen.

»No, wenn Sie nich' bleiben wollen, dann komm' Sie doch wenigstens später noch mal vorbei. Hrdlak, Sie bekommen auch noch was von mir, ich heb' Ihnen was von der Suppe auf, Sie müssen heute ja auch viel laufen. Aber erst holen Sie die nächste Ladung. Der Kuchen steht schon auf dem Tisch in der Küche.« Damit drehte sie sich zu ihrem Mann um, der unbeholfen etwas abseits von den eintreffenden Gästen stand. »Und du setzt dich in die Laube«, fauchte sie ihn an. »Ich bring' dir Suppe.«

Frau Dziuba verteilte die Gäste nach ihren Anweisungen um zwei zusammengestellte Gartentische, über die sie zwei Tischdecken gelegt hatte. Sie war froh, daß Hrdlak sich so rasch wieder entfernte; in seiner abgerissenen Kleidung paßte er wirklich nicht zu der Hochzeitsfeier ihrer Tochter. Auch sein Begleiter war ihr alles andere als willkommen gewesen, so sehr sie sich auch bemüht hatte, der Form halber höflich zu bleiben.

»Der da war Hrdlak«, sagte sie wie zur Entschuldigung, während die Gäste sich setzten. »Ein Dummer;

ich gebe ihm manchmal etwas Arbeit, dafür bekommt er was zu essen.« Dann beugte sie sich vor und sprach leiser, wie wenn man etwas sagt, was man nicht laut verkündet: »Der andere soll ein Jude sein. Man weiß nichts Genaues über ihn. Wenn man über einen schon nichts Genaues weiß, dann wird das seine Gründe haben.« Ihre Verlegenheit war schon wieder vergessen, und sie fing an, sich in Rage zu reden. »Unsereins hat ja nichts gegen Juden, wir gehen sogar immer zu unserem Arzt, der ist auch Jude, aber Gottesmörder sind sie doch. Haben Sie gehört, wie hübsch der Kaplan an Ostern gepredigt hat? Nicht? Er ist ja viel strenger als der gute alte Urbanczik. Die SA soll sich auch schon den einen oder anderen vorgeknöpft haben, wird schon seinen Grund haben, oder? Aber laßt uns lieber fröhlich sein, liebe Gäste; eßt und trinkt nach Herzenslust, so ein Mädel heiratet schließlich nur einmal.«

Als alle Gäste saßen, waren es dreizehn.

Frau Dziuba war etwas aufgeregt und konnte sich nicht so schnell darüber klarwerden, wer von den geladenen Gästen nicht gekommen war. Aber die würden ihr schon noch einfallen. Und dann sollten sie etwas erleben. Sie würde sie nicht mehr grüßen, und sollten sie von sich aus grüßen, dann würde sie an ihnen vorbeigehen, als wären sie Luft.

Wenigstens würde die Suppe so reichen.

»Hier, nehmt euch die Teller und die Löffel, ist genug da.«

Sie goß jedem ein bis zwei Kellen voll auf den Teller, und eher, als sie gedacht hätte, war die Suppe weg.

»Geh, hol mal etwas Brot von zu Haus, Hedel, und

beeil dich und sag dem Hrdlak, er soll sich schicken, daß auch alle Gäste zufrieden sind und satt werden.«

Einer der Gäste aß seine Suppe nicht auf, aber sie konnte ja schlecht die Suppe zurück in den Topf kippen, hier, wo es alle sähen.

»Dann geben Sie sie her, das kann später der Hrdlak essen.«

Die Hochzeit verlief gut. Es gab keine Prügeleien, es fiel keiner um, die alte Dziuba sorgte schon dafür, daß keiner zu viel Schnaps bekam. Es artet so leicht aus, wenn niemand den Überblick behält. Solange sie sitzen, merken sie nichts. Gießen sich einen nach dem anderen ein, und wenn sie dann aufstehen – *rums*! Da liegt er und kotzt vielleicht noch auf eine Dame. Oder es gibt ein böses Wort, es muß nicht einmal Absicht sein. Wie leicht sagt einer etwas Unvorsichtiges zu einem anderen. Und der hört vielleicht schlecht, und schon schlägt er zu. Trifft meist daneben, also einen ganz anderen, und eh' man sich's versieht, sind drei Männer in so eine Schlägerei verwickelt – keine Feier, bei der so etwas nicht vorkommt. Auch deswegen hatte Frau Dziuba die Hochzeit vorsorglich in einen fremden Garten verlegt.

Die Else hatte es geschafft, wenigstens eine Stunde lang drei Plätze von Rudolf Mainka entfernt zu sitzen. Dann lief er hinter ihr her, wohin sie auch ging. Wie ein Hund. Und begrabschte sie. Sie war unruhig, denn sie hatte auf eigene Faust und ohne der Mama etwas zu sagen, die Luzie Chudzka eingeladen.

»Mit Dieter. Du bringst den Dieter mit, mir zuliebe, ja?«

»Vielleicht, wenn Dieter kann.«

Sie nahm sich immer so wichtig, und nun war er nicht gekommen.

»Er kommt mich vielleicht später holen«, sagte Luzie. »Er muß ja erst noch den Laden schließen.«

Wenn er nicht käme, wäre für Else die ganze Hochzeit verdorben. Ein Tag, den sie nie vergessen würde.

Der Dieter war so anders als der Hannek, der sie gestern dort unten begrabscht hatte, dann einen saufen gegangen war und viel zu spät mit dieser widerlichen Schnapsfahne zur Trauung in die Kirche gekommen war. So hätte der Dieter sich nie benommen! Der hatte Manieren! Er rauchte nur mit Zigarettenspitze. Und er sprach so ein gepflegtes Deutsch. Und gut Polnisch konnte er auch.

Es flimmerte Else auf eine fiebrige Weise im Kopf, und sie spürte, wie ihre Hände zitterten. Mein Gott, heute morgen in der Kirche mußte sie dauernd an den Dieter denken. Dabei war sie doch jetzt verheiratet. Ob das nicht eine Sünde war, so zu denken? Aber sie konnte ja gar nichts dafür, die Gedanken überkamen sie einfach, so sehr sie sich auch dagegen wehrte. Und schuld war nur der Hannek, so wie der sie behandelte. Und mit der Dziurka drohte. Da brauchte er sich nicht wundern.

Außerdem wollte sie ja auch gar nichts Sündliches von Dieter. Schließlich war er mit der Luzie verlobt. Nur daß er kam, wollte sie. Er würde wenigstens ein kleiner Lichtblick inmitten der dumpfen Gesellschaft hier sein. Vielleicht würde er sogar mit ihr tanzen; so ein Tanz war doch nichts Verbotenes.

Nein, wenn er nicht kam, war der Tag für sie ruiniert.

Frau Dziuba schnitt unterdessen von dem Fleisch ein bißchen weg. Die Knochen und diese Knorpelteile, die so glitschen und an den Zähnen kleben.

»Knorpel ist gut für die Knochenbildung. Das gebe ich dem Hrdlak, der braucht das für seinen Fuß.«

Mit ein paar Kartoffeln. Wobei sie die dunklen aussuchte. Der Kartoffelsalat wurde gerade aufgetragen.

Die Braut holte sich heimlich schon von der Bowle, die jetzt noch nicht dran war, denn das Gute kommt zum Schluß. Da waren der Kummer wegen Dieter, die Bedenken wegen Rudolf, nicht zuletzt die Furcht und das Grausen vor der Nacht, denn Rudolf lallte schon wieder: »Ihr werdet den Mainka noch kennenlernen. Die ganze Welt wird von Rudolf Mainka reden. Komm her, Mädel, zu deinem Mann.

Ich bin hier der Mann und sonst keiner. Und was *ich* sage, wird gemacht.«

Und dabei lief ihm die Spucke aus dem Maul.

Frau Dziuba machte sich Sorgen um das Mädel, sie war das Trinken nicht gewohnt. Wenn ihr schlecht würde, dürfte es wenigstens keiner sehen.

»Langsam, Mädel, iß dir wenigstens etwas Kartoffelsalat zwischendurch, daß sich der Magen füllt. Du hast noch viel vor dir.«

Der Dziuba war zu dieser Zeit nicht mehr im Garten. Er war unbemerkt in seinen eigenen Garten hinübergegangen. Unter der Jacke hatte er ein Stück Brot, zwei Knoblauchwürste und ein paar Flaschen Budweiser Bier mitgenommen. Eingepackt in Zeitung.

Dort saß er jetzt mit dem Bunzlauer auf der Bank und feierte die Hochzeit auf seine Weise.

Der Dziuba legte die Wurst und das frische Brot auf den Tisch und stellte das Bier dazu. »Weißt du, Bunzlauer, ich kenne nichts auf der Welt, was so schmeckt wie ein Stück Krajanka mit Brot und ein Budweiser. Das ist die ewige Seligkeit. Probier mal!«

Bunzlauer blickte ihn zustimmend an, und dann aßen sie das Brot mit der Wurst und tranken das Bier.

Einmal sahen sie Hrdlak mit Zwi vorbeihumpeln, als diese Nachschub in den Garten brachten.

»Wer ist der mit dem Hrdlak?« fragte Bunzlauer.

»Er heißt Zwi oder so. Ich weiß nichts Genaues über ihn, bloß, daß er dort beim Hrdlak wohnt.«

Er reichte Bunzlauer noch eine Flasche Bier. Budweiser! Schultheiss war auch gut, aber Budweiser war tschechisch, und die Tschechen machten das beste Bier.

»Der Gluch«, sagte der Dziuba, »war dabei. Ein Fuhrmann hatte auf dem Güterbahnhof Kisten abgeholt, und nicht weit weg vom Bahnhof brach das Pferd zusammen. Du weißt doch, sie kaufen die alten Grubenpferde auf dem Schlachthof für hundert Mark und lassen sie dann arbeiten, bis sie krepieren.

Und da lag es dann, kam nicht mehr hoch, war sowieso schon blind, und der verfluchte Hund schlug mit dem dicken Ende der Peitsche auf dieses arme Vieh ein, dabei blutete es schon.

Genau da kommt Hrdlak mit einem Handwagen vorbei, wirft sich auf das Pferd, fängt die Schläge ab, und der verfluchte Hund hört nicht auf und drischt in seiner Wut auf Hrdlak los.

Und da kam dieser Zwi. Er mußte wohl mit dem Zug angekommen sein, denn er hatte einen kleinen Koffer bei sich. Er stellt den Koffer ab und wirft sich auf den Fuhrmann. Er versucht ihm die Peitsche aus der Hand zu reißen – ausgerechnet *der* gegen einen Fuhrmann. Der ist doch mager wie ein Besen. Der Koniosch* hätte aus ihm und dem Pferd und dem Hrdlak Hackfleisch gemacht, wenn die Leute ihn nicht festgehalten hätten.

Und dann hat dieser Zwi Geld aus der Tasche genommen und dem Kerl für zweihundert Mark das Pferd abgekauft. Hatte der hundert verdient. Sie spannten das Pferd aus und haben es mit sich in den Garten genommen. Ich weiß noch, daß sie es dort noch zwei Jahre gepflegt haben. Warum macht das ein Mensch?«

»Weil er ein Mensch ist.«

»Seit da hat der Hrdlak das mit dem Fuß. Gebrochen, aber ins Krankenhaus hat er nicht gewollt, hat sich stattdessen den Fuß mit Lappen verbunden. Seitdem ist er lahm. Ich glaube, der Fuß schmerzt ihn Tag und Nacht. Und das für ein Pferd, Bunzlauer. Hättest du das für ein altes, blindes Pferd gemacht?«

»Ich weiß nicht. Manchmal macht ein Mensch sowas und weiß nicht, warum.«

»Und seither sagen sie, daß er verrückt ist.«

»Wer?«

»Zwi. Hrdlak sowieso. Sagen sie.«

»Weißt du Dzuiba, ich hätte das, glaub' ich, auch gemacht. Ja. Ich hätte das auch gemacht. Vielleicht etwas anders, aber ungefähr auch so.«

* wasserpolnisch: Fuhrmann

Später, als die Hochzeitsgäste so gut wie satt waren und zum Schnaps übergingen, hielt Victor Sachnik als Trauzeuge eine Rede.

»Liebe Gäste, lieber Bräutigam und liebe Braut. Aber auch liebe Brauteltern. Alle, die ihr anwesend seid, und auch alle, die ihr nicht anwesend seid bei dieser schönen Hochzeitsfeier, entschuldigt, ich habe die Hedel vergessen. Liebe Hedel. Es ist uns eine Ehre, auf euch anzustoßen. Wir würden gern noch viel mehr auf euch anstoßen, wir wollen auch auf eure Kinder anstoßen und daß ihr lange lebt und viele Kinder bekommt, die alle einen vertragen können, daß wir bald wieder eine schöne Hochzeit feiern müssen... auf die wollen wir schon mal anstoßen...«

»Setz dich, Victor! Die Leute...« Seine Frau Erna zog den Sachnik auf die Bank, wobei er stürzte, doch jemand fing ihn auf, so daß es nicht weiter auffiel.

Else dachte: »Wenn Dieter schon hier wäre, der könnte bestimmt eine schöne Rede halten, daß sie sich bloß so umgucken würden. Wie ein Bischof oder ein Dichter oder ein Rechtsanwalt, so schön.«

Sie hatte fest vor, heute Brüderschaft mit ihm zu trinken, und um sich Mut zu machen, sprach sie jetzt noch dem Eierlikör zu: »Heute ist schließlich mein Ehrentag...« Sie lallte schon ein wenig. »Ich bin nur einmal im Leben eine Braut...«

Hier schien sie im Suff ihr Unheil plötzlich zu begreifen, und sie fing an zu heulen.

»Ja, ja, das Glück, Mädel. Wein dich nur ruhig aus, deine Mama ist bei dir. Das Mädel weint nur vor Glück.«

Eine sagte: »Erst siebzehn und schon verheiratet, das ist aber wirklich ein Glück für Ihre Tochter, Frau Dziuba. Wer weiß, ob sie später noch einen bekommen hätte.«

Das war so ein Wort, das manchmal eine Prügelei einleitete, da hätte sich die Dziuba gewünscht, das Mädel hätte einen Vater gehabt, der sich das nicht bieten ließ. Sie warf der Person, die die Bemerkung gemacht hatte, einen deutlichen Blick zu.

Doch die plapperte einfach weiter, als ob sie blind und taub wäre: »Ich persönlich war schon neunzehn. Dafür war mein erster Mann erst achtzehn. Ich konnte mir damals leisten, so lange zu warten.«

Zur Krönung des Tages gab es schließlich die Bowle, zumindest das, was die Braut davon noch übriggelassen hatte.

Mußte eben ein bißchen gestreckt werden. Etwas Wasser, Kompott und genügend Weinbrand. »BOWLE! Wer von euch, meine lieben Gäste, kennt BOWLE? Eine besondere Gabe, und auf besonderen Wunsch meiner Tochter.«

Die Männer wollten keine Bowle.

Jemand packte aus seiner Tasche eine Schachtel Kekse und eine Bonbonniere aus: »Eine Überraschung für die liebe Braut.«

»Kekse zur Bowle – etwas Besseres gibt es nicht. Das ist Feinheit, das ist große Gesellschaft. Kultur.«

Manche lachten.

Als sie dann immer besoffener wurden, wollte fast jeder eine Rede halten. Sie laberten vor sich hin, keiner hörte ihnen zu. Die Hedel brachte die Teller in Sicherheit und paßte auf, daß niemand etwas von dem Besteck klaute.

Frau Dziuba hätte sie gern allmählich aus dem Garten gehabt, denn sie befürchtete, der alte Mainka könnte womöglich mit seiner Frau doch noch auftauchen.

Der alte Mainka hatte Mittagsschicht, die bis neun Uhr abends dauerte. Die Mutter mußte an diesem Tag waschen gehen; sie wusch für fremde Leute. Vier Mark für einen Tag waschen und das Essen. Das Essen nahm sie meist mit nach Hause, sie hatte einen Blechtopf mit Deckel dabei, und auch wenn man ihr nie reichlich gab, konnte sie doch immer etwas aufbewahren für die Kinder oder den Mann.

An diesem Tag wusch sie bei der Steigersfrau Slotosch. Die Steiger hatten für gewöhnlich bequeme Waschküchen in den Häusern, die sich sonst niemand leisten konnte. In einem Keller oder auch in einem eigenen kleinen Anbau war ein Ofen mit einem Kessel. Der Ofen wurde eingeheizt und die Wäsche mit Seife in dem Kessel gekocht. Danach wurde die Wäsche noch in einem Extrawaschzuber auf einem Waschbrett Stück für Stück mit Kernseife geschrubbt, denn die Steiger legten großen Wert auf Sauberkeit. Das ging ins Kreuz, und ab vierzig war so eine Waschfrau mit den Knochen hinüber. So ein Waschtag fing früh um fünf an, und gegen neun Uhr abends kam Mutter Mainka nach Haus. Manchmal bekam sie auch fünf Mark, wenn die Steigersfrau noch die Wäsche ihrer Tochter dazunahm.

»Wenn schon eine für fremde Leute waschen muß«, dachte Frau Dziuba, »was sind das für Biedocki.«

Sie war froh, daß die Schwiegereltern an diesem Tag

nicht kommen konnten, denn mit solchen Leuten konnte sie keinen Staat machen. Bis jetzt war überhaupt, die Neschka ausgenommen, noch keiner von der Schwiegerverwandtschaft da. Die anderen Mädels konnten die Else nicht leiden, die Jungs waren in der Arbeit – das war gut geplant und wohlüberlegt.

»Was für ein Glückstag für unsre Kinder, nicht wahr, liebe Gäste? Für mich bleibt unsere Else immer mein Kind, und wenn sie hundert wäre. Und Hannek, komm her, die Mama darf dir einen Kuß geben. Ab jetzt bist du auch mein Kind. Ein echter Dziuba.«

Auch sie war schon etwas beschwipst und hatte ihn eben zum ersten Mal geduzt. Sie wollte nie zu vertraulich werden, bevor er sich erklärt hatte. Und dann so lange nicht, bis die Hochzeit vollzogen war.

Jetzt zog sie ihn zu sich her, und wenn er, der schon ziemlich taumelte, dabei nicht umfiel, dann nur, weil er sich an ihr festhielt.

Was den Dziuba mit dem Bunzlauer auf ewig verband, war mehr, als Verwandtschaft jemals bewirken könnte.

Sie waren damals im Krieg einmal zusammen auf Spähtrupp gewesen: der Dziuba, der Bunzlauer, ein Feldwebel, und dann noch ein gewisser Altmüller, der kam irgendwo aus Bayern, war also ein Reichsdeutscher, aber dennoch ganz in Ordnung. Der Feldwebel hieß Berendsen, und der war das größte Schwein in ihrer Kompanie; einer von denen, denen man sogar zugetraut hätte, daß sie am liebsten den feindlichen Gefallenen die Köpfe abgeschnitten und damit Fußball gespielt hätten. So einer war das.

An diesem Tag also stießen sie plötzlich im Wald auf zwei feindliche Soldaten – arme Hunde, ganz so wie sie selbst welche waren. Die zitterten wie Espenlaub und warfen sofort ihre Waffen weg, aber Berendsen sagte nur knapp: »Gefreiter Bunzlauer, erschießen Sie die beiden. Wir können das Pack nicht mitnehmen.« Und als Bunzlauer zögerte: »Das ist ein Befehl!«

Also nahm der Bunzlauer langsam sein Gewehr hoch, putzte mit dem Ärmel noch flüchtig den Lauf, wischte den Kolben sauber. Lud durch. Legte an. Und erschoß Berendsen.

Sie ließen die beiden Gefangenen laufen, luden sich den Berendsen auf die Schultern und brachten ihn zurück in die Stellung – gefallen.

Daran mußte der Dziuba gerade denken, wie er mit dem Bunzlauer zusammensaß und Bier trank.

Was hätte der Bunzlauer auch anderes tun sollen? Die zwei armen Schweine töten? Das wären *zwei* Morde gewesen. Oder den Befehl verweigern? Dann wäre er tot gewesen und die beiden Gefangenen dazu, macht *drei* Leichen. Oder eben das Oberschwein? Nur *ein* Toter.

»Es werden sowieso viel zu wenig Offiziere erschossen, bevor sie das große Unheil anrichten können«, sagte Bunzlauer in diesem Augenblick, als habe er denselben Gedanken nachgehangen wie Dziuba. Wenn zwei untereinander Brüder sind, sind Gedanken so wirklich wie Steine.

»Ja«, sagte Dziuba, »das ist wohl so.«

Sie konnten durch den Drahtzaun weit über eine Halde sehen, die etwas tiefer im Tal der Chlodnitz lag, und dahinter die Hochöfen. Sie stießen jetzt Feuer aus, wie Vulkane.

»Schön, was, Bunzlauer, das gibt es nur hier.«

Sagte Dziuba und trank seine Flasche leer.

Die Sonne stand bereits tief am Himmel; es ging auf den Abend zu. Else hatte die Bonbonniere in der Laube versteckt, falls der Dieter noch kam, damit sie ihm etwas anbieten konnte, sie wußte, daß er gern etwas Süßes aß. Sie hatte schon so viel getrunken, daß sie ganz grün im Gesicht war. Im Kopf summten hundert Bienen, und ihre Augen waren rot und klein wie Glühwürmer.

»Mädel, paß auf, daß dir nicht schlecht wird.«

»Heute ist doch mein Hochzeitstag, Mama, das eine Mal laß mich wenigstens.«

Es war die Ungewißheit, die sie verzweifeln ließ – ob Dieter kommen würde oder nicht.

Er kam um sieben, und Else schlug das Herz bis in den Hals, kaum daß sie reden konnte.

»Herr Adamczyk, entschuldigen Sie mich, ich habe schon ein bißchen getrunken, weil Sie so spät kommen, aber welch eine Freude, was für ein Glück, daß Sie noch gekommen sind, wir freuen uns ja so, hier, nehmen Sie sich alles, was Sie wollen. Oder darf ich Sie duzen? Sie gehören als Zukünftiger von der Luzie auch mir…«

Sie hatte sich da wohl etwas versprochen und fing an, dumm zu lachen. »…ich wollte sagen, wir sind doch schon so gut wie verwandt und verschwägert, und außerdem darf die Braut heute von jedem geküßt werden. Auf unser Du, lieber Dieter!«

Rudolf Mainka saß in sich zusammengesunken in der

Laube auf einer Bank und machte nur ein kleines Nikkerchen. Die anderen waren fast alle hinüber, sie hatten die Bowle dann nur noch mit Wasser und Zucker, und, weil der Weinbrand weg war, mit viel Kümmel gestreckt. Ihnen allen drehte sich der Magen, der Kopf, der Gartenzaun und die Welt.

Else nahm gar nicht mehr wahr, wie schön der Dieter frisiert war. Daß er eine Krawatte trug und daß die Luzie ihn krampfhaft eingehakt hielt.

Else schenkte ihm von der restlichen Bowle ein. »Wie glücklich müßt ihr sein, ihr habt doch auch bald Hochzeit, nicht wahr?« sagte sie.

»Na, na, na, sag das nicht!« lachte Luzie. »Der Dieter hat es nicht eilig. Oder hast du es eilig, Dieter?«

»Ich hab' es immer eilig, mein Liebchen, das weißt du doch.«

Wie er jedesmal so elegant scherzte, das gab Else einen Stich ins Herz, daß es sie im Hals würgte. Und weiter plauderte sie mit ihm, und jede Antwort war wie ein Dolchstoß, daß sie am liebsten hätte sterben mögen. Sie nahm ein Glas Bowle und prostete Luzie und Dieter zu: »Auf euer Glück, und daß ihr viele Kinder zusammen haben werdet, prost, prost, prost.« Dabei standen ihr die Tränen in den Augen, und sie sagte: »Ist doch alles sehr schön, nicht wahr? Ich bin ja so glücklich, Mama.«

Dann fing sie an zu singen: »Es geht alles vorüber... es geht alles vorbei... nach jedem Dezember folgt wieder ein Mai...«

Sie war aufgestanden und hatte sich beim Singen um sich selbst gedreht. »Schade, Mama, daß es keine Musik gibt, wir möchten so gern tanzen. Komm, Dieter!«

Else zog ihn hoch und versuchte ihn wie im Tanz zu bewegen. Er drückte sich sofort mit dem Unterleib an sie, und sie erwiderte den Druck, das war ihr heute erlaubt, denn sie hatte etwas getrunken, und wer angetrunken ist, weiß nicht, was er tut. Es war auch nicht sie selbst, die sich so an den Dieter schmiegte, denn diese Art war ihr fremd, es war, um mit dem Pfarrer Urbanczik zu reden, wohl der Teufel, der sie da ritt. Doch ließ sie es auf merkwürdige Weise geschehen. So etwas hatte sie zuvor nicht gekannt. Der Hannek hatte sich nie so lebhaft gegen sie gedrückt. Er machte alles immer irgendwie nicht richtig.

Sie taumelten, und Else ließ sich wieder auf die Gartenbank fallen. Luzie zog den Dieter zu sich herüber und sagte: »Ja, ja, alle Frauen lieben Dieter. Findet ihr nicht, daß er wie ein Schauspieler aussieht? Oder Jan Kipura?«

Die Else wollte schon begeistert zustimmen, aber da rief ihre Mutter gerade laut in die Runde: »Keiner soll jetzt schon nach Hause gehen, liebe Gäste, aber wer möchte, den können wir natürlich nicht aufhalten. Ihr seid sicher schon müde von dem vielen guten Essen. Ja ja, bei einer Hochzeit wird nicht gespart.«

Sie hatte es auf einmal eilig, denn die beiden alten Mainkas waren doch noch gekommen.

»Wie schön, daß ihr noch kommen konntet! Nehmt euch, was ihr möchtet, liebe Schwiegerleute. Wir wollen leider gerade nach Haus gehen. Ich stell' euch daher den verehrten Gästen erst gar nicht vor.«

Frau Mainka bat, nur keine Umstände zu machen, es sei ja wirklich schon sehr spät. Dann lächelte sie verlegen in Richtung auf ihren Sohn und die Braut und schwieg.

Sie redete nie sehr viel. Das Leben war für sie: um vier Uhr aufstehen, arbeiten bis in die Nacht. Ins Bett fallen, und jedes Jahr ein Kind geboren haben. Sie trauerte um keine Totgeburt, sie hielt das Leben trotz allem für eine Freude und sah immer aus, als lachte sie. Alle zwei Wochen buk sie sechs große, runde Brote, die letzten waren dann immer hart. Was gut so war, sie machten einen eher satt.

Der Vater Mainka liebte ebenfalls das Leben, so hart es auch war. Er kannte es nicht anders und meinte, es müsse so sein, wie es war. Gegen Schmerzen war er unempfindlich. Kam es in der Grube zu einem Unfall, wurde er ohne Narkose operiert, danach drei Tage Krankenrevier, und dann wieder zurück in die Schicht.

Er ging am Sonntag in die Kirche. Dort setzte er sich hin, wenn er einen Platz bekam und ruhte sich aus. Wenn nicht, lehnte er sich an die Wand. Die einzige Stunde in der Woche, wo er ausruhen konnte. Ansonsten gab es, kam er aus der Schicht, immer etwas zu arbeiten. Holzhacken, den Stall reparieren, und was sonst alles so anfiel.

Als keiner der Gäste so recht von selbst gehen wollte, suchte Frau Dziuba den Hrdlak. Sie fand ihn in ihrem Garten. Hrdlak hatte mit Zwi etwas abseits in dem schmalen Durchgang gestanden und hatte gewartet, bis er wieder gebraucht wurde. Da hatte der Dziuba die beiden gesehen und sie zu sich und Bunzlauer hereingebeten.

»Hat Ihnen der verfluchte Pierron etwa von der guten Wurst gegeben, Herr Hrdlak? Und Sie haben doch hoffentlich kein Bier getrunken? Ein paar Gäste müssen nach Hause gefahren werden. Jetzt geh, du Pierron! Lieber Gott, gib mir, daß ich mich an dem Kerl nicht vergehen muß; jetzt beweg auch mal den Arsch, heut ist die Hochzeit deiner ältesten Tochter, nehm den Hrdlak und holt den Handwagen für die Gäste.«

Der Dziuba stand auf, aber mit Sicherheit nur, um aus ihrer Nähe zu kommen. »Komm, Hrdlak!« sagte er, und sie gingen langsam in Richtung Jäschkestraße. Zwi Bogainski folgte ihnen. Dort holten sie den Handwagen aus dem Kohlenstall und zogen ihn zu den Schrebergärten.

»Ich weiß nicht, Hrdlak«, sagte der Dziuba unterwegs, »warum du das machst. Läßt dich von diesem Drachen herumkommandieren und mit Abfällen abspeisen. Sie hetzt dich rum, und du verfluchter Pierron lachst auch noch dazu.«

»Weil er ein Heiliger ist«, sagte Zwi. »Die niedrigsten Menschen sind die wirklich Oberen, Dziuba.«

Und der Dziuba schüttelte den Kopf.

»Sie nich, Sie müssen das nich, Sie wern nich bezahlt«, rief Frau Dziuba Zwi entgegen, als sie mit dem Wagen beim Garten ankamen. »Und ihr zwei«, sagte sie zu Hrdlak und ihrem Mann, »ladet schon mal den ersten ein. Den Mikasch – da!«

Der Mikasch war schon halbtot, was bei den Leuten in dieser Gegend aber nichts bedeutete. Sie luden ihn in den Handwagen, und so zogen ihn die drei in die Paulstraße, wo sie ihn in den Hausflur trugen. Seine Frau schwankte hinterher.

»Laßt ihn nicht da liegen, sonst stolpern die anderen über ihn«, sagte die Frau. Also trugen sie ihn weiter nach oben.

Das Treppenhaus war eng, und der Hausflur war finster: Die Grubenbesitzer sparten in ihren Arbeiterhäusern sogar an Licht.

Dann gingen sie den zweiten holen.

»Zurück an die Front, Hrdlak, marsch, marsch!« Auf einmal hatte der Dziuba seine wahre Freude an der Arbeit. Zwi grinste.

»Zu Befehl, Major!« schmetterte Hrdlak, und die beiden schauten ihn an wie ein Weltwunder, denn er sagte sonst nie etwas. Und jetzt sagte er *das*. Ausgerechnet *das*.

»Hrdlak, Hrdlak, wer bist du bloß?« sagte der Dziuba. Als keine Antwort kam, zuckte er die Achseln und sagte: »Der Wagen steht bereit, Majestät, nehmen Sie Platz, die Rösser scharren mit den Hufen; wir fahren Sie zurück zum Garten.«

Hrdlak fühlte sich wie ein König. Er stellte sich auf den Handwagen wie ein Gladiator, und obwohl der Wagen auf dem Kopfsteinpflaster schaukelte und ratterte wie der Teufel, hielt er das Gleichgewicht, als ob er über den Brettern schwebte.

»Levitation«, sagte Zwi, was Dziuba nicht verstand.

So trabten sie zurück zum Holewa-Garten und luden den nächsten auf.

Nach und nach waren die meisten Gäste gegangen oder nach Hause gefahren worden. Nur die Luzie hielt immer noch den Dieter Adamczyk mit beiden Armen fest umklammert, und die Else hatte das große Elend befallen.

Der Hannek schnarchte in der Laube.

»Ich hab' euch das Bett sauber bezogen, Mädel, geht jetzt nach Haus. Ich schlafe bei der Tante Zilka, der Alte kann in der Laube schlafen.«

Die Brautleute sollten am Hochzeitstag die Wohnung allein für sich haben; so wollte es Frau Dziuba.

Else rüttelte den Hannek wach, was nicht leicht war, und er stank wie die Pest. Er schüttelte den Kopf – Kopfschmerzen – und balverte los: »Wo bin ich, was habt ihr mit mir gemacht? Wy pierrony przeklentny*.«

»Ins Bett, Hannek. Wir gehen ins Bett.«

»Dziurka?** pierroniä Dziurka...«

DAS hätte er nicht sagen sollen. DAS ließ sie das Grauen, das sie ohnehin schon empfand, noch tausendmal stärker fühlen. Egal, ob er sie damit gemeint hatte, oder die Grubenwitwe, die sie so nannten und die den ganzen Tag mit ihren Dudeln im Fenster hing und mit den Jungs gegen Geld rummachte, egal – daß er das, in diesem Moment, gesagt hatte, das würde sie ihm auf Lebenszeit nicht vergessen.

Die Mutter packte sie mit dem einen Arm untergehakt und mit dem anderen den Schwiegersohn und brachte sie bis vor die Haustür. Dem Brautpaar hatte sie am Morgen schon einen großen Topf mit Wasser auf den heißen Ofen gestellt und gesagt: »Merk dir, Else: eine Braut muß sich immer waschen. Vorher und nach-

* wasserpolnisch: Fluch
** wasserpolnisch: Löchlein

her. Und immer schön parfümieren. Untenrum und obenrum.«

Das war ungefähr das einzige, was Else in Sachen Brautunterricht von der Mutter erfahren hatte.

Jetzt aber brauchte sie das Wasser gar nicht mehr. Else nahm bloß einen Eimer mit ans Bett, zum Kotzen. Der Hannek fiel neben dem Bett um und blieb dort liegen. Er schnarchte sofort; wäre es ihr nicht so schlecht gewesen, hätte sie ihn vor die Tür gesperrt und dort liegengelassen. So nahm sie nur die Zudecke und ein Kopfkissen und legte sich in der Küche auf die Chaiselongue, ein Erbstück. Bei der waren allerdings zwei Sprungfedern gebrochen, so daß sie Rückenschmerzen bekam, die sie eine ganze Woche lang an die Hochzeitsnacht erinnern sollten. Und die nächsten drei Tage wie gelähmt herumlaufen ließen.

Nachdem sie die Brautleute in ihre Wohnung gebracht hatte, ging Frau Dziuba mit der Hedel zu ihrer Schwester Zilka. Die Zilka hatte noch ein Sofa in der Küche für die Hedel; Frau Dziuba selbst sollte im Bett von Zilkas Mann schlafen, denn der hatte Nachtschicht.

Zilka hatte keine Kinder, und Frau Dziuba hatte sie zu ihrem Glück – die Zilka war die Zweitälteste – bei der Erbschaft abgefunden. Sie das Haus, und die Zilka die Möbel.

Frau Dziuba hatte eine kleine Flasche Likör mitgenommen, damit ihr nicht nachgesagt werden konnte – alle Leute reden schlecht über einen, sobald man es auch nur zu etwas mehr gebracht hat als sie selbst –, sie habe die Gastfreundschaft ihrer Schwester mißbraucht.

»Komm, trink dir einen, Mädel. Du hättest auch selber zu der Hochzeit kommen können. Wenn eine keine Kinder hat, wird sie viel Schönes vom Leben nicht erleben. Ja, Zilka, so vergeht die Zeit, und wir werden alt. Trink dir ein Gläschen!«

Zilka nickte und prostete ihr zu.

»Ach, Mädel«, fuhr Frau Dziuba fort, »sei du bloß froh, daß du keine Töchter hast. So eine Mutter hat es schwer mit Aufpassen, daß sie bis zu der Ehe unbefleckt bleiben. Zu unserer Zeit war das selbstverständlich, aber heute! Gott sei Dank sind meine Mädels ganz anders, sie glauben an Gott und wissen, was Sünde bedeutet.«

»Wäre aber auch schön gewesen, ihr hättet wenigstens einen Jungen.«

»Einen Sohn? Der wäre doch nach dem Dziuba gegangen, davor hat Gott mich wenigstens bewahrt. Nicht noch so einen wie den Dziuba in der Familie, wie ich Gott dafür danke, du glaubst es nicht. Und du – bei dir wird's wohl nichts mehr mit Kindern, no ja, jetzt bist du ja auch schon zu alt dafür, aber sei froh, wer weiß, für was das gut ist. Die Aussteuer kostet Geld, die Hochzeit kostet Geld, dann brauchen sie manchmal auch Hilfe, und wer muß ihnen unter die Arme greifen? Natürlich die Mutter. Ja, ja, Zilka, ja, ja. Es ist schon alles ganz richtig, was die Vorsehung tut.« Sie goß sich noch einen Likör ein.

»Du hast ja noch was im Glas«, sagte sie zu ihrer Schwester und stellte die Flasche weg, »und sicher magst du auch so nichts mehr.«

»Doch, ja, ich glaub', ich trink' mir noch einen«, entgegnete Zilka in aller Unschuld, und die Dziuba guckte sie giftig an, während sie ihr Glas halbvoll goß. »Vier Mark hat die Flasche gekostet. Nun hat unsere Else aber auch großes Glück gehabt, der Hannek ist ein so guter Junge. Er baut ein Geschäft auf. Mit einem – wie heißt das jetzt?«

»Was meinst du?«

»So ein ganz modernes Auto, wie sie in Amerika haben. Das Pierronstwo*, no fällt mir schon wieder ein. Jedenfalls ein Auto will er sich bald kaufen.«

»Ein Auto!!! No, dann hat das Mädel aber wirklich Glück gehabt.«

»Der Hannek ist ganz anders als die übrigen Mainkas, das sind Chacharen**, von vorn bis hinten alle Chacharen. Die haben nicht mal Margarine aufs Brot, und die Kinder müssen sich die Betten teilen. Der Alte ist Schlepper, und die Mutter geht waschen. Zilka, was ist das für eine Familie? Sag mir das mal! Nein, nein! Aber unser Mädel hat Glück gehabt.«

»Und haben sie schon eine Wohnung?«

»Noch nicht, aber das kommt schon noch. Die Else schläft vorerst bei mir, bei der Mutter ist es immer am schönsten, die Mädels können sich ein Leben lang nicht von der Mutterbrust trennen. Und der Hannek schläft noch bei den Mainkas.«

»Wenn bei dir im Haus mal eine Wohnung frei werden sollte, Maria, ich würde gern bei dir wohnen.«

»Natürlich, selbstverständlich, Zilka, wie würde ich

* wasserpolnisch: Fluch, den man verwendet, wenn einem ein Wort nicht einfällt.

** wasserpolnisch: Gesindel

eine Wohnung jemandem anderen geben, es ist immer schön, wenn Schwestern in einem Haus wohnen.«

Bei sich dachte sie freilich: »Guwno*, keine Wohnung werde ich ihr geben.«

Sie hielt nicht viel von Verwandtschaft. Eine Verwandte als Mieterin bei sich wohnen lassen – undenkbar, und wenn es auch die eigene Schwester war. Die Tochter, das ging gerade noch, da konnte man die Ehe immer im Auge behalten. Aber sonst: Bloß keine Verwandten im Haus! Zuerst spielten die sich auf und ließen die anderen Mieter bei jeder Gelegenheit spüren, daß sie mit der Eigentümerin in direkter Linie verwandt waren, also etwas Besseres darstellten. Scheuerten dann beispielsweise bald die Latrine nicht mehr, wie es alle Mieter der Reihe nach tun mußten. Und dann fingen sie an, die Miete nicht mehr zu zahlen, und kamen dir damit, du müßtest doch Verständnis haben, du müßtest Nachsicht üben, schließlich sei man ja verwandt. Dabei wollten die dich nur ausnützen und spekulierten heimlich sogar auf dein Erbe. Darauf, daß dir durch einen glücklichen Umstand was passierte und sie dich beerbten. Ja, es hatte sogar schon Fälle gegeben, wo einer die Treppe mit Schmierseife eingeschmiert oder Erbsen im dunklen Hausflur verstreut hatte, damit sich die Eigentümerin das Genick brach und er ihr Alleinerbe antreten konnte! Also bloß weg mit der Verwandtschaft.

Frau Dziuba gähnte und blickte die Zilka an. »Ich glaub', ich geh' jetzt besser schlafen, Mädel.«

Zilka zeigte ihr das Bett ihres Mannes. »Er kommt

* wasserpolnisch: Scheiße

morgen um fünf aus der Nachtschicht«, sagte sie, »dann kann er sich in die Küche legen. Ich hab' das Bett für dich bezogen. Er riecht bissel.«

Unterdessen hatten der Dziuba, Hrdlak und Zwi den Garten aufgeräumt. Dann hatten sie sich in Dziubas Garten gesetzt. Der Bunzlauer war gegangen; er hatte an diesem Tag Nachtschicht.

Der Dziuba hatte noch einen Eimer Wasser, in dem er ein paar Flaschen Bier kaltgestellt hatte, mitgenommen sowie etwas Brot und Wurst.

»Das Brot hat meine Schwester gebacken. Brotbakken kann sie.«

In der Tat – ein Brot, wie direkt aus dem Himmel. Sie schnitten sich von dem Brot ab, aßen die Krakauer und tranken das Bier dazu.

»Der Hrdlak, der sagt niemals etwas, daß man glauben könnte, der ist taub und stumm. Und dann plötzlich sagt er doch mal was, wo sich einer wundern muß«, sagte der Dziuba zu Zwi.

Zwi lachte: »Der ist weder taub noch stumm. Der Hrdlak ist nicht von dieser Welt. Für uns ist es ein Glück, Hrdlak zu kennen.«

Auch von Zwi hatte der Dziuba noch nie einen so langen Satz gehört.

Der Mond stand voll am Himmel, sie konnten durch den Zaun bis zu den Halden sehen, und was waren da für Millionen Sterne! Manchmal im Krieg, wenn der Dziuba auf Posten stand, war es genauso gewesen. Nur damals hörte man in der Ferne Schüsse. Hier war nur das leise Surren der Fördertürme zu vernehmen.

Dann wurde nichts mehr geredet. Sie lauschten den Fördertürmen und den Sternen, denn auch Sterne kann man hören, und der Vollmond machte einen ganz verrückt. Wenn sie einen Schluck aus der Flasche nahmen, klapperte der Flaschenverschluß. Sonst war nichts, nur von der Scharnafka* herüber quakten die Frösche.

So saßen sie da und schauten auf die Halden, bei dem Vollmond sah man bis Ruda. Was für eine große Nacht – alles war so in Ordnung, wie es selten einmal auf der Welt vorkommt.

Schließlich sagte Dziuba: »Hrdlak, du bist heute Gott. Wir sind deine Pferde und fahren dich in den Himmel. Steigen Sie ein, Herr Gott, in die Kalesche und dann *Wieeee wozek*** und los, ihr Rösser der Ewigkeit!«

Sie drängten Hrdlak in den Handwagen, Dziuba zog vorne an der Deichsel, und Zwi schob von hinten, und dann ratterten sie wie die wilden Hussiten über das Kopfsteinpflaster durch Chlodnitze.

Und Hrdlak lachte.

Sie fuhren ihn zu dem Pferdestall und brachten ihn in den Raum hinter dem Stall. Hrdlak zündete eine Kerze an, und sie sahen einen Hund, der in der Ecke geschlafen hatte und jetzt vor Freude winselte, als er Hrdlak sah.

Hrdlak holte aus der Tasche ein zerfetztes Tuch, in das ein paar Reste vom Fleisch eingewickelt waren. Auch von der guten Wurst hatte er etwas übriggelassen.

* kleiner Grenzfluß in der Gegend

** Ruf, mit dem man die Pferde antreibt.

»Du ganz verfluchter Kerl, warum hast du nicht gesagt, daß du einen Hund hast, wir hätten ihm ein Festmahl eingesammelt. Na gut, Hrdlak, deine Rede sei ja-ja und nein-nein, wenn du mal etwas essen willst, komm bei mir vorbei. Du findest mich im Garten.

Weißt du, ich hatte auch einmal einen Hund. Dort an der Front, und ich werfe dir jeden Menschen weg für einen Hund. Ausgenommen euch zwei und den Bunzlauer noch. Sie haben meinen Töchtern in der Kirche beigebracht, daß Tiere keine Seele haben.

Hrdlak, *das nehme ich Ihnen übel.* Und daß sie die Waffen segnen. Und noch viel mehr. Und ich sage dir: Jeden Papst würde ich hundertmal gern auf dem Scheiterhaufen verbrennen, so wie sie es mit den Menschen gemacht haben – aber niemals einen Hund. Hrdlak, da kommt diese verfluchte Wut in mir auf, und ich kann mich nicht dagegen wehren.

Aber wenn du da bist, ist es für eine Weile gut.«

Er verstummte, und in seinen Augen standen Tränen. Er stand auf, nickte Hrdlak und Zwi zu und ging.

Hrdlak legte sich zu seinem Hund auf den Strohsack, der ihm als Lager diente, und löschte die Kerze aus. Und Zwi ging hinüber zu dem Gartenhaus, in dem er wohnte.

Dziuba ging auf einem Umweg über die Ziegelei zurück in seinen Garten. Er war noch nicht müde. Er stieg auf die Halde bei den Delbrückschächten und schaute den Himmel an. Vollmond, und er hörte in der Ferne den Lärm der Gruben. Er hatte einen Bruder in Polen, Ludek, Bauer und arm wie eine Laus. Sieben Kinder, drei waren gestorben, das Land gepachtet, es gehörte der Kirche, das Feld erbrachte nicht einmal die Pacht.

Er pflanzte Kartoffeln, Gerste, hatte Karnickel, Hühner, aber keine Kuh; er hatte nie das Geld gehabt, eine Kuh zu kaufen. Für die meisten Menschen wäre es am besten, wenn sie gleich bei der Geburt stürben, dachte er. Dann müßten sie keinen Krieg erleben, nie die Bestialität der Menschen und des Lebens erfahren. Kein Rheuma, keine Gicht, keine Schwindsucht, keinen Hunger, kein Feldwebel, der über ihr Leben und das der anderen entscheiden würde.

»Gefreiter Bunzlauer, erschießen Sie die beiden. Das ist ein Befehl!«

Keinen Sohn haben, der diesen Befehl würde ausführen müssen und der dann vielleicht nicht den Mut hätte, statt dessen den teuflischen Vorgesetzten abzuknallen.

Die nicht geboren wurden, wurden nicht blind, nicht taub; sie hatten keine Schmerzen und keine Frau, die sie nicht ertragen konnten, und keinen Mann, der blöde war und auch keinen Feldwebel... Sie mußten nicht unter Dummheit und Bestialität unsäglich leiden. Nicht geboren werden, das – so kam es ihm jetzt vor – war das beste, was dem Menschen passieren konnte. Und keine Menschen ins Leben setzen die nobelste aller Taten...

Dann dachte er an Hrdlak.

Der sich über ein Pferd geworfen hatte, um es zu schützen. Der die Schmerzen des Pferdes übernahm auf Lebenszeit.

Und er dachte an den Abend heute mit ihm im Garten und daran, wie es bei ihm in dem Stall gewesen war, und an den Hund, der dort auf seinen Herrn gewartet hatte.

Und für einen kurzen Augenblick war alles so, wie es ist, in Ordnung.

»Das Leben findet im Kopf statt, Dziuba! Es kommt nur darauf an, wie du sie siehst«, sagte er sich und war froh, daß ihm so ein vortrefflicher Satz eingefallen war.

Er ging zurück in seinen Garten und richtete in der Laube sein Bett. Er trug den Tisch hinaus und legte drei Bretter, die er sich zurechtgesägt hatte, denn er schlief manchmal hier, quer über die beiden Seitenbänke. So hatte er ein sehr breites Lager. Dreimal so breit wie damals im Unterstand, wo er sich an diese Art Nachtlager derart gewöhnt hatte, daß er jetzt ungern auf weichen Matratzen schlief.

Er hatte einen flachgedrückten Sack mit Heu untergelegt und einen kleineren als Kopfkissen. Über den Sack hatte er eine Decke ausgebreitet, eine weitere diente zum Zudecken. Er schlief in seiner Unterhose und im Unterhemd. Licht brauchte er nicht.

Frösche quakten vom Schonketeich herüber, ein Hund bellte, dann schlief er ein.

In der Nacht wachte Dziuba auf, und halb im Traum und halb im Wachen fiel es ihm wieder ein: Wie damals eine Granate in seinen Bunker eingeschlagen war und er von Steinen und Balken begraben wurde. Ein Balken traf ihn schwer am Kopf, seine Hand wurde zerdrückt, doch spürte er keinen Schmerz, er sah nur mit den Augen, daß seine Hand von Steinen zertrümmert worden war. Er wußte von seinen Kameraden, daß der Schmerz erst später eintritt.

Ein winziger Moment der Barmherzigkeit eines

Schöpfers, die sonst selten zu spüren ist. Es reißt dir den Arm weg, und du merkst es noch nicht, denkst sogar, du könntest noch die Finger bewegen. Du hast noch etwas Zeit, um dich auf das Grauen des Schmerzes, der folgen wird, vorzubereiten. Vielleicht noch den Arm abschnüren und den Blutstrom bremsen.

Dziuba lag da, der Schmerz kam, und dann wurde es hell um ihn. Und plötzlich waren die Schmerzen mit einem Mal weg, und er bewegte sich in einem Lichtmeer in unendlicher Seligkeit. Alles, was da war, war gegenstandslos.

Für einen kurzen Augenblick kam einmal der Schmerz zurück, er schlug die Augen auf und sah, wie sich einer mit den Händen zu ihm hingrub.

Und dies war Hrdlak gewesen.

Hier auf dieser Bank in der Laube fiel es Dziuba auf einmal wie Schuppen von den Augen: Es war Hrdlak gewesen.

Hinter ihm sah er Taiga, den Hund, den er damals im Feld gehabt hatte. Dann wurde es wieder hell, und er schwebte oder schwamm in diesem Ozean aus Licht.

Als er aufwachte, lag er in einem Feldlazarett. Bunzlauer erzählte ihm später, sie hätten ihn neben dem Bunker gefunden, und an seiner Seite habe Taiga gesessen und ihn bewacht.

Taiga war ein weißer Wolf gewesen, den er in einem verlassenen Haus gefunden hatte. Der Hund war eine Weile bei ihm geblieben und dann eines Tages wieder verschwunden. Für ihn war er das wunderbarste Wesen, das er bis dahin gekannt hatte. Taiga hatte eine merkwürdige Angewohnheit gehabt: Er hatte wenn möglich immer Körperkontakt mit Dziuba gehalten. Hatte etwa seine Pfote auf Dziubas Fuß gelegt. Und da fiel Dziuba ein, daß Hrdlaks Hund heute abend seine Pfote auf seinen – Dziubas – Fuß gelegt hatte.

Aber das konnte nicht sein. Weil es so etwas nicht gab. Taiga war er Tausende Kilometer von hier begegnet; auch war er inzwischen sicher schon tot. Und Hrdlak, meinte er sich jetzt zu erinnern, hatte er schon vor dem Krieg in Chlodnitze gesehen. Dann war er sich dessen sicher. Hrdlak war immer schon hier gewesen. Er hätte sogar behaupten mögen, Hrdlak hätte schon hier gelebt, als er, Dziuba, noch ein Kind gewesen war.

Er würde morgen zu Hrdlak gehen und ihn fragen, wo er im Krieg war. Aber das würde nichts nützen, denn Hrdlak würde nur mit seinem Hunnengebiß lachen und einen Grashalm aufrichten.

Am nächsten Morgen, als die Sonne am Horizont aufging, kam der alte Mainka in Dziubas Garten. Er hatte eine Blechflasche Malzkaffee und ein Stück Brot mit Schweineschmalz dabei – er hatte heute wieder Mittagsschicht und war früher aufgestanden.

Kaffee – das war Malzkaffee aus gebranntem Getreide. Man brannte die Körner auf der Ofenplatte und konnte sie dann mahlen. Oder man nahm Zichorie, die man in Rollen gepreßt kaufte und die dem Kaffee einen etwas bitteren Geschmack gab. Den Kaffee nahm man in Blechflaschen mit zur Arbeit; war da ein Ofen in der Nähe, konnte man sie zum Aufwärmen auf die Ofenplatte stellen; sonst trank man den Kaffee kalt. Oder lauwarm.

»Bei dir zu Haus schläft heute der Hannek, Dziuba. Du hast sicher kein Frühstück. Hier nehm dir das!«

Dziuba nickte und legte ihm die Hand auf die Schulter. »Du bist ein guter Mann, Mainka.«

Der Mainka war nicht im Krieg gewesen. Manche Arbeiter wurden mehr in der Grube gebraucht als im Krieg.

»Komm, eß mit mir, das ist nicht so einsam!«

Dziuba hatte noch etwas Wurst von gestern, Wurst bekam der Mainka so gut wie nie. Sie schnitten Zwiebeln auf das Brot und tranken den Kaffee dazu.

Bis elf hatte der Mainka Zeit, dann mußte er arbeiten gehen.

»Weißt du, Dziuba, der Junge ist nicht schlecht. Man denkt das bloß, weil er sich viel besäuft. Das kommt vielleicht von den Schmerzen, weil sie fangen bei ihm schon eher an als bei uns. Weil – er hat es auf den Lungen; wer weiß, ob er durchkommt. Du mußt ihm das alles nicht anrechnen. Er hat es ja in der Grube versucht und hat es in der Ziegelfabrik probiert, aber er kann eben nicht schwer arbeiten. Wenn ich könnte, würde ich ihm so gerne helfen. Wir können alle nichts für das, was uns passiert.«

»Das ist schon in Ordnung«, hatte der Dziuba geantwortet, »ich werde ein Auge auf den Jungen haben, das versprech' ich dir.« Und das war das einzige, was sie je im Leben miteinander reden sollten. Mit diesen wenigen Sätzen hatte der Mainka dem Dziuba seinen Sohn auf Lebzeiten verständlich gemacht; er hat ihm deswegen auch später nie richtig gezürnt. Wenn sich die beiden Alten später einmal begegneten, gingen sie eine kleine Weile nebeneinander her und nickten dann und wann mit dem Kopf. Alles, was zu sagen gewesen wäre, war damals gesagt worden.

Hannek hatte in der Hochzeitsnacht dreimal gekotzt, eine Angewohnheit, die er zeitlebens beibehalten sollte.

Am nächsten Tag behauptete er, nichts, aber auch gar nichts vom Tag zuvor zu wissen. Auch diese Angewohnheit sollte er zeit seines Lebens beibehalten, vorwiegend dann, wenn er in der nun folgenden Ehe seine Frau geschlagen hatte. Behauptete dann stets, sich an rein gar nichts erinnern zu können, und brachte dabei ein dümmliches Lächeln zuwege.

Else faltete ihr Brautkleid mit Tränen in den Augen zusammen, legte es, während er schnarchte, unten ins Vertiko, trug den Eimer in den Hof und dachte an Dieter.

Ob er sie auch so liebte?

Sonst hätte er sie nicht so an sich gepreßt.

Sie hatte schon verschiedene Liebesromane gelesen, und immer liebte die Heldin heimlich einen anderen, einen, der verheiratet oder sonstwie unerreichbar war. Sie kamen nie zusammen, und sie litten beide unendlich. Zwei Romane hatte sie freilich auch gelesen, in denen sich die Liebenden am Ende doch bekommen hatten, und sie war wieder voller Hoffnung.

Wenigstens war er zu ihrem Ehrentag erschienen. Das würde sie ihm ihr Leben lang nicht vergessen.

Sie schluckte.

Dann zog sie ihr Kleid mit den blauen Punkten an und ging zur Tante Zilka, die Mama holen.

»War es schön? Mädel, ja, ja die Hochzeit ist ein Ehrentag für jede Frau, du bist ja jetzt schon eine Frau, komm, nehm dir ein bissel Frühstück, deine Mama hat schon auf dich gewartet. Du hast viel Glück gehabt, so einen guten Mann bekommen. Ja, ja, Mädel. Ihr werdet viele schöne Kinder kriegen, ich gönn' es dir ja, du bist ja auch eine schöne Frau. Wie heißt dein Mann, sagst du?«

»Rudolf Mainka, aber wir rufen ihn Hannek.«

Else versuchte, glücklich auszusehen, indem sie lachte. Doch nichts sieht dämlicher aus als ein unglücklicher Mensch, der lacht.

II.

Hannek war immer ein mageres Kind gewesen, hühnerbrüstig und muskellos. Wahrscheinlich kam es von dem Hunger, denn das Essen hatte nie für alle gereicht.

Anders als die übrigen Mainkas kam er jedoch bald auf die Winkelzüge, die einer braucht, um zu überleben. Auch hatte er schnell herausgefunden, daß man mit Arbeit nicht einmal die Wanzen ernähren kann und schon gar nicht selber Fleisch essen. Hering, Kartoffeln, Wassersuppe – aus.

»Nur Geld bewegt die Welt, und das kommt nicht von der Arbeit.«

Das hatte er wo aufgeschnappt, und das sollte bis ans Ende seiner Tage seine feste Überzeugung sein.

Als Hannek sieben war, sammelte er Holz auf der Halde und verkaufte es für ein paar Pfennige zum Heizen. Man mußte den Ofen erst mit Holz anheizen, und dann kam die Kohle drauf. Kohle bekamen die Grubenarbeiter in einer kleinen Menge als Deputat.

Dann sammelte er leere Flaschen in den Häusern und verkaufte sie.

Mit neun fing er Hunde und verschacherte sie. Nebenher trug er frühmorgens, wenn es noch dunkel war, Zeitungen aus. Ging dann – manchmal – in die Schule und lernte lesen und schreiben, was seine Eltern nicht konnten.

Mit elf konnte er Schmuggelware beschaffen – polnische Zigaretten, drei Stück für einen Pfennig und zum Kotzen gut, und auf Bestellung polnische Eier, das Stück ein Pfennig im Einkauf, zwei Pfennig im Verkauf. Im Laden zahlte man vier Pfennig. Daneben Feuersteine, Schrauben und dergleichen.

Mit zwölf Jahren mußte er aus der Schule, der Vater hatte gesagt, er müsse Geld verdienen, sonst würden sie wie die Fliegen krepieren. Der Vater hätte dazu einen Antrag unterschreiben müssen, aber weil er nicht schreiben konnte, machte er bloß drei Kreuze, und schon das ging nur, indem ihm einer die Hand führte. Ab fünfzig konnte der Vater die Finger schon nicht mehr krümmen, er konnte die Kohle mit den Händen nur noch schieben. Spürte auch nichts mehr. Spätestens da wußte Rudolf Mainka – so darf das Leben nicht sein, und besonders nicht für ihn.

Hannek konnte als Fuhrmann bei einer Frau arbeiten, die ein Pferd und eine Fuhre besaß, aber selbst nichts mehr ausfahren konnte: Rheuma, sie vermochte kaum noch einen Eimer zu tragen. Ein Jahr lang fuhr er Kohle aus, dann war er dreizehn und durfte in die Grube einfahren. Er arbeitete untertage, bis er mit vierzehn lungenkrank wurde – erster Schatten auf dem linken Lungenflügel.

Immer noch keine Muskeln und deswegen von allen verhöhnt.

Mit vierzehn fing er an zu saufen.

Erst Einfachbier, ein Abfallprodukt aus der Brauerei. Dann Schultheissbier und dann braunen Fusel. Da ging die Flasche herum, und einer sagte: »Hannek, sei kein Arsch, nehm noch einen! Seht euch mal den Hannek an, wie der Hannek tanzen kann...« Und nach dem dritten Zug war er der Held der Nation und tanzte wie ein Bär, und wenn er umfiel, hatte er's bewiesen. Daß er kein Arsch war. Daß er mitmachen konnte. Und von da an kam er nicht mehr los vom Suff.

Er bekam eine Arbeit in einer Fabrik für Dachziegeln und betrieb nebenbei einen kleinen Handel mit Tabak. Schnitt sich einen Karton zurecht und verkaufte an den Lohntagen am Ausgang der Delbrückschächte polnische Zigaretten. Freilich durfte er sich dabei nicht erwischen lassen: der Schwarzhandel wurde genauso verfolgt wie das Schmuggeln selbst.

Dann mußte er in der Fabrik aufhören: zweiter Schatten auf der Lunge.

Ab da kannst du verhungern, oder dir fällt ein, wie du überleben sollst, denn da bekommst du noch keine Rente. Hannek war fünfzehn.

Also nahm er groben Tabak in sein Geschäft auf. Den bezog er kiloweise von einem polnischen Zigeuner und schnitt dann die Blätter mit dem Messer in Streifen – Krüllschnitt. Packte ihn in kleine Tüten, wog ihn dazu auf einer selbstgebastelten Waage zu ungefähr jeweils fünfzig Gramm ab; das Gewicht war ein Stein, den er sich beim Kaufmann Seidel vorwiegen ließ, und schon da stimmte die Waage nicht. Und mit seiner Waage – zwei Schalen an einem Draht, der in der Mitte mit einem Nagel in ein Lager aus zwei Schraubenmuttern gehängt war – bekam er schon beim ersten Wiegen aus einem Kilogramm einundzwanzig Päckchen raus.

Nach einiger Zeit fiel ihm – ganz pfiffiger Kaufmann – ein, daß noch drei Gramm oder besser gar fünf

Gramm weniger für seine Kunden kein besonderer Verlust waren, ihm aber große Freude bereiteten, wenn er sich überlegte, was da zusammenkam. So konnte er schließlich aus einem Kilo Tabak fünfundzwanzig Päckchen zu fünfzig Gramm herausholen – und das sollte ihm erst einmal einer nachmachen.

»Kaufmännischer Handel«, nannte er das. Und »Ideen haben«. »Idee« – das Wort hatte er zuvor nicht gekannt, denn sie sprachen hier Wasserpolnisch, was aus dreihundert Wörtern bestand und fast von Familie zu Familie anders war. »Idee« kam da nicht vor.

Hannek verstand unter »Idee« alles das, was ihm so einfiel und ihm zum Vorteil gereichte. Dazu gehörte etwa auch, daß er den Tabak bald in dickeres Papier packte. Das wog schwerer, so daß er weniger Tabak einfüllen mußte, und es sah obendrein nach mehr aus. Papier kostete nichts; er sammelte für diesen Zweck Packpapier und schnitt sich daraus Tüten.

Die besten »Ideen« oder »Erleuchtungen«, wie er sie auch gerne nannte, kamen ihm, wenn er einen getrunken hatte. Er erlebte dann wahre Höhenflüge, und sein Geschäft wuchs vor seinen Augen ins Unendliche. Ganz Chlodnitze würde ihm eines Tages gehören oder zu Füßen liegen.

Einmal fragte der Sedlaczk, der gut Deutsch sprach, denn er war aus Breslau zugezogen: »Na, Hannek, was macht der Umsatz?«

»Na, frag nicht, wie!« antwortete der Hannek, denn er kannte das Wort nicht. Er mußte erst auf dem Markt einen fragen, der Schreibhefte verkaufte: »Umsatz ist, wenn du alles zusammenzählst, was du bekommst.«

Am meisten Umsatz machte er an den Sonnabenden, wenn es Löhnung gegeben hatte und die Männer, bevor sie das Geld bei ihrer Frau zu Hause ablieferten, sich etwas gönnten.

Die Frauen merkten zwar alle, wieviel fehlte, aber was sollten sie machen – was weg war, war weg.

Bald hatte er einen festen Kundenstamm. Es ging bergauf. Er wurde achtzehn Jahre alt, und die Schatten auf der Lunge wurden vergessen, das meiste heilte ohnehin von selbst.

Um diese Zeit kannte er Else schon näher, das heißt, sie jagten sich im Spaß auf der Straße, wie Kinder sich so jagen. Else war vierzehn. Sie lief aufs Feld hinaus, und er warf sie auf einen Heuhaufen oder ins Gras und legte sich auf sie. Merkwürdige Gefühle regten sich in ihnen, heiß wie kochendes Wasser. Das Blut brodelte wie Karbid im Wasser, die Köpfe und der Leib, alles fing an zu glühen.

Am merkwürdigsten war es immer in der Abenddämmerung, dann blieben sie so aufeinander liegen, bis es dunkel wurde und Else plötzlich aufsprang und verwirrt wegrannte, dabei aber immer wieder stehenblieb, als sollte er nachkommen. Er aber blieb im Gras liegen, und unendliches Leid oder Wut oder Trauer befielen ihn, er hätte nicht sagen können, was es war, denn alle diese Wörter gab es nicht im Wasserpolnischen. Er wäre gerne gestorben, andererseits auch wieder nicht, und so stand er schließlich auf und ging sich besaufen. Was meistens half. Allerdings erst, wenn er in der Kneipe vom Stuhl fiel und auf allen vieren nach Hause kroch; erst dann verschwand seine Not.

Bald war er zwanzig und hatte schon einiges auf der hohen Kante, bis er es dann an einem Abend versoff, weil er allen einmal zeigen mußte, wer er war.

»Einer, dem keiner das Wasser reichen kann.«

Er goß sich einen nach und gab eine Runde aus.

»Die Welt wird noch von Rudolf Mainka reden, wenn sie längst untergegangen ist.«

Solche Reden hielt er dort in der Kneipe.

»Alles auf *meine* Rechnung. Hannek Mainka bezahlt alles.«

Und dann war alles weg, was er bis dahin zusammengespart hatte.

Am nächsten Tag kotzen, Arbeitsausfall, am übernächsten Tag von vorn anfangen.

Er wohnte noch zu Haus bei seinen Eltern. Manchmal ging er, wenn er Geld hatte, einkaufen und spendierte der Familie ein großes Essen. Huhn oder Ente, auch Obst, und die Mutter schüttelte den Kopf: »Hannetschku, Hannetschku, das brauchen wir doch nicht.«

Sie aß nichts von der Ente, nur die Suppe aus den Innereien, Ente war für sie zu kostbar. Die Schwestern verschlangen alles, bekamen auch schon mal Geschenke und beteten den Bruder Hannek an.

Auf der einen Waagschale der Suff, auf der anderen die Spendierhosen. Was wog da am Ende schwerer?

»Der Hannek, der hat's. Und warum hat er's? Weil er nicht so blöd ist wie ihr und in der Grube arbeitet.«

Das dachte er, das sagte er und glaubte auch, daß sie es von ihm dachten.

Dann, als er einmal beim Sedlaczek saß und gerade einnicken wollte, hatte er just in dem Moment, wo der

Kopf nach vorn kippt und der Schläfer mit einem Schlag in den Schlaf fällt, eine geniale Idee, eine neuerliche Erleuchtung. Die Dichter bezeichnen diesen Moment als ›Eintritt ins Zwischenreich‹, wo ihnen ein Genius die ersehnte Inspiration schenkt. Edison zum Beispiel erfand an dieser Schwelle die Glühbirne. Die Dichter versuchen, diesen Moment zu erfassen und nicht zu verschlafen; dadurch schaffen sie sich Schlaflosigkeit und Augenringe und sehen immer blaß aus.

Die Deutschen nennen sich das ›Volk der Dichter und Denker‹. Wäre es so, wären sie aber ein Volk der Schlaflosen, und sie können ihrem Schöpfer nur danken, daß es nicht so ist.

Jedenfalls genau da, in der Kneipe vom Sedlaczek, fiel ihm, Rudolf Mainka, an der Schwelle zum Zwischenreich ein: »Kauf dir ein Auto, Hannek!«, und er schreckte hoch.

Er hatte wieder von dem großen Fuhrunternehmen geträumt, das er aufmachen wollte, es war ihm so deutlich vor Augen gestanden, als hätte er es schon, und da war es ihm klargeworden: Wenn er es zu etwas bringen wollte, mußte ein Auto her. Die Pferdefuhrwerke wurden damals immer seltener, mehr und mehr wurden Transporte mit dem Auto durchgeführt. Wer wie er den Zug der Zeit erkannte, der brauchte ein Auto.

»Ein Pferd kann man sich als Unternehmer für den Sonntag leisten. Ein Landauer, ein Pferd vorne dran, und dann aber ab über das Land. Aber fürs Geschäft – nein, danke!«

Ein Ford wäre da recht gewesen, ein Ford mit Ladefläche.

Und in Druckschrift groß auf die Türen geschrieben:

RUDOLF MAINKA –
KLEIN- & GROSSTRANSPORTE IN ALLE WELT

Er bestellte sich noch einen doppelten Schnaps und träumte noch ein wenig weiter, und als er noch mehr getrunken hatte, ließ er das KLEIN auch noch weg. Ab jetzt hieß es nur noch: GROSSTRANSPORTE IN ALLE WELT. Ja, die Leute würden ihn schon noch kennenlernen. Von Rudolf Mainka sollte die ganze Welt reden.

Noch ein Schnaps, und das Auto bekam eine Plane. Dann stellte er einen Angestellten ein, und er, der Chef – hier tauchte das erste Mal in seinen Gedanken der Begriff ›Chef‹ auf – würde in einem eigenen Personenwagen hinterherfahren, neben sich auf dem Beifahrersitz ein Mädel wie die Else Dziuba, eine, nach der sich alle umdrehten und fragten: »Wer ist das denn? Doch nicht etwa die Paola Negri mit dem Hannek Mainka?«

Er würde einen steifen Hut und einen Schal tragen, der im Winde wehte, und er hätte eine silberne Zigarettenspitze, vielleicht mit Bernstein besetzt, und sie ein leichtes Kopftuch aus Seide.

Hier wurde er jäh in seinen Träumen unterbrochen, weil er vom Stuhl kippte. Der Sedlaczek versuchte erst gar nicht, ihn aufzurichten, sondern ließ ihn einfach unter dem Tisch liegen. Später, als Sedlaczek die Kneipe schloß, brachte ihn einer mit dem Handwagen nach Hause. Hannek wachte die ganze Zeit über nicht mehr auf; mit einem dümmlichen Grinsen im Gesicht lag er da und grunzte nur ab und zu ein paar unverständliche Worte.

Man kann sagen, dieser Tag entschied sein Leben. Denn keine vierundzwanzig Stunden später hatte er, obwohl ihn der Kopf mächtig schmerzte, um die Hand Elses angehalten, und hätte er die Idee mit dem Auto nicht vortragen können, wer weiß, ob Frau Dziuba so schnell zugesagt hätte.

Ein Auto! Wer hatte hier in der Gegend schon ein Auto! Mußte eine Mutter nicht froh sein, einem Mann die Hand ihrer Tochter geben zu dürfen, der es noch weit bringen, eines Tages vielleicht gar ein Millionär sein würde?

Als er das Jawort erwirkte, war er noch zwanzig und am Tag der Hochzeit gerade einundzwanzig.

Ein schönes Alter zum Heiraten.

Wenn die Hochzeit vorbei ist, gehen die Sorgen gleich los.

Rudolf Mainka traf sich mit seinem Trauzeugen und Saufkumpan Victor schon am Vormittag seines ersten Ehetages in der Kneipe vom Sedlaczek.

»Ein Schultheiss und ein Korn für alle – meine Rechnung.« Die erste Runde bezahlte der Victor Sachnik zur Einstimmung, das Geld dafür lieh er sich vom Hannek. Der ließ anschreiben und spendierte zur Feier des Tages gleich noch eine Runde. Als es Mittag wurde, waren sie bereits wieder besoffen und zogen grölend in Victors Wohnung.

»Ich werd' dir was sagen, Victor, Rudolf Mainka wird die Welt umdrehen, und du sollst auch was davon haben.«

Gegen Abend brachte der Sachnik Rudolf Mainka

nach Hause, wo er ihn einfach in die Tür kippte. Die Mutter Mainka achtete nicht weiter auf ihn. Sie sagte nur ein ums andere Mal: »Hannek, Hannek, Hannek, Hannek.«

An einem der nächsten Tage ging Dziuba zu Hrdlak. Er wußte, wo er wohnte, er hatte ihn ja nach Hause gebracht, doch war er noch nie bei Tag dort gewesen.

Es war Sonntag, und es waren nicht viele Leute auf den Straßen. Ein großer Frieden lag über Chlodnitze. Auch die Fördertürme surrten nicht. Nur die Vögel sangen, und die Schmetterlinge flatterten herum. Aus den Fenstern roch es nach Fleischbraten, bei denen, die Fleisch hatten, und nach Kraut oder Kartoffelsuppe bei den anderen.

Am Ende der Gneisenaustraße blieb Dziuba vor einem umzäunten, verwilderten Garten stehen. Ein Bretterzaun. Ein paar Latten waren herausgebrochen, sonst war er nicht allzusehr zerstört, die Lümmel aus der Umgebung hatten dort einst ihre Spiele getrieben, denn der Garten war an manchen Stellen wie ein Dschungel.

Zwischen dem Gesträuch und im Gras lagen noch Gegenstände herum, die aus einer anderen Zeit stammten. Alte zerbrochene Gartengeräte, Teile von Möbeln oder was auch immer. Ein zusammengebrochener alter Landauer, wie man ihn um die Jahrhundertwende fuhr, stand da überwachsen. Da waren noch die Reste einer Plane sowie drei ungebrochene Räder, bei denen jedoch die Speichen meist herausgeschlagen waren. Unter dem fehlenden Rad stand eine Kiste, die den Wagen hielt.

Im Zaun befand sich ein breites Tor, aus Ziegeln gebaut und breit genug, um einen Wagen durchzulassen, aber zur Hälfte verfallen. Auch war es halbzugewachsen und wohl seit Jahrzehnten nicht mehr benutzt worden. So war jenes Loch im Zaun der einzige Zugang zu dieser Wildnis.

Der Garten mochte fünfzig Meter breit und sechzig Meter lang sein; vielleicht waren es auch mehr. Die Bäume, die in ihm standen, waren meist halbhoch, abgesehen von einem großen, in der Mitte geknickten Ahornbaum, der ebenso wie eine Akazie und eine an die zweihundert Jahre alte Eiche aus früherer Zeit stammen mußte. Die Akazie und die Eiche überragten die Häuser ringsumher, die nicht mehr als ein Stockwerk über dem Erdgeschoß hatten; Ziegelhäuser mit schwarzen Dächern aus Teerpappe wie alle Häuser hier.

Hrdlak war nicht zu Hause, und Dziuba sah sich in dem Garten um. Er hatte ein Brot, ein kleines Stück Speck und eine Flasche Bier mitgebracht, hatte alles auf die Kiste gelegt und dann die Tür wieder angelehnt, ein Schloß gab es nicht. Eine Katze lag in der Sonne neben einem Beet und blieb so liegen. Dziuba hatte Katzen gern, dort, wo er arbeitete, trieben sich ein paar herum, die er fütterte.

Am anderen Ende des Gartens stand, gegen die Wand eines größeren Hauses gebaut, das nicht mehr zu diesem Grundstück gehörte, ein kleineres Ziegelhaus, schwarz vom Ruß der Jahrzehnte wie alles hier. Das Schrägdach mit Teerpappe gedeckt, die schadhaften Stellen überklebt, wieder mit Teer verschmiert, an manchen Stellen nur mit Blech übernagelt. Die Dachrinne war abgebrochen.

Dziuba schätzte, daß sich unten ein kleiner Raum, eine Kammer und ein Vorraum befinden mußten. Von außen führte eine eiserne Treppe nach oben, wo sich wohl zwei kleinere Stuben befanden.

Das Haus war alt und verfallen; es war vermutlich aus jener Zeit, aus der auch der Landauer und das große Gartentor stammten.

An den Fenstern hingen alte Gardinen, oben war ein Fenster offen, an einer Schnur trockneten ein Handtuch und ein Paar Socken.

In diesem Haus wohnte Zwi.

Vor dem Haus war ein einfacher Gartentisch mit einer Bank; auf dem Tisch stand eine leere Bierflasche. Ein Faß, ein Weinfaß, das darauf schließen ließ, daß hier wohl einmal jemand gewohnt haben mußte, der sich hatte Wein leisten können, stand dort, wo die Dachrinne einst endete. Die Tür war geschlossen; Zwi war nicht zu Hause.

Dziuba verließ langsam den Garten und ging die Gneisenaustraße hinunter.

Er dachte nicht weiter darüber nach, warum dieser Zwi dort wohnte und was er mit Hrdlak zu tun hatte und wer sie dort wohnen ließ, wo Eigentümer doch sonst jeden von ihren Besitztümern jagten, der nicht hingehörte. Er mischte sich nicht in die Leben anderer, nicht so und nicht in Gedanken.

Was Dziuba nicht wußte: Dieser Garten, und was sich darin befand, gehörte keinem anderen als Zwi. Zwi Boginski.

Zwis Vater Pawel war Richter am Gericht in Pless gewesen; ein geheimer Anarchist, der die Mächtigen, vor allem aber den Adel und die Kirche sein Leben lang haßte. Und der die armen Teufel, die ein paar Hühner oder auch schon einmal ein Pferd geklaut hatten, und die Schmuggler, die ein paar Feuersteine nach Polen einschleusten, nur milde bestrafte oder – wenn möglich – laufen ließ. Hätte er über Adel oder Klerus zu richten gehabt – was leider nie vorkam –, hätte er auf sie eingeschlagen wie Attila auf die Türken. Doch man wußte auch so, wie er dachte, und dafür haßten ihn die Herrschenden, der Adel und der Klerus, so sehr, daß er eines Tages tot im nahen Baggersee aufgefunden wurde. Dabei war er ein erstklassiger Schwimmer gewesen.

Der Richter Bogainski war ein Mann von Welt gewesen. Ein furchtloser Abenteurer des Geistes. An einen Gott glaubte er nicht, jedenfalls an keinen gerechten. Nicht einmal an einen freundlichen, bestenfalls an eine Bestie über den Wolken, wahrscheinlich aber lediglich an die Teufel in Rom. Dem Adel gestand er allenfalls den Galgen zu, und die Jesuiten haßte er als Rechtsverdreher, Sophisten und Scharlatane über alles. Er heiratete eine Jüdin aus Budapest, die Zwis Mutter war. Eine echte Schönheit, die einst am Budapester Theater gespielt hatte. Um ihr das Leben in Chlodnitze erträglich zu machen, kaufte er ihr den Garten. Und zwei Pferde, denn sie liebte Pferde; »Hunnenpferdchen« nannte er sie.

Sie konnte freilich nicht reiten. Also ließ er einen Landauer mit weicher Federung aus Wien kommen, und in diesem fuhren sie an den Sonntagen über das Land und kehrten in Landgasthäusern ein. Oder sie machten Picknick, irgendwo in einer Waldlichtung oder auf einer Wiese. Das war eine große Zeit für den Richter gewesen, nur konnte er ihr Heimweh nicht auslöschen, denn Budapest war für eine ungarische Jüdin, Weltfrau und göttliche Theaterschauspielerin etwas anderes als Chlodnitze.

Den Garten ließ er von einem Gärtner, der in dem Haus wohnte, in dem Zwi jetzt lebte, wie einen Park anlegen. Aber auch das half nichts, und eines Tages hielt es Zwis Mutter nicht mehr aus und ging zurück nach Budapest.

Zwis Vater, der Richter, ging nicht mit; er hatte an den Leuten in dieser Gegend einen Narren gefressen und meinte, er dürfe sie nicht im Stich lassen. Zwi blieb bei ihm. Damals war er zwölf Jahre alt.

»Wenn du kommen willst, Junge, dann komm, und wenn nicht, dann ist es auch gut«, hatte seine Mutter gesagt, als sie Chlodnitze verließ. Dabei sah man ihr an, wie schwer es ihr fiel, Zwi zurückzulassen.

Zwis Vater wünschte sich nichts so sehr, als aus Zwi einen Kämpfer gegen Adel und Klerus zu machen. Er sollte dereinst sein mehr oder weniger geheimes Werk fortsetzen. Mit Zwis Einverständnis schickte er ihn deshalb auch auf eine Jesuitenschule.

»Man kann einen Feind nur bekämpfen, wenn man ihn genau erkennt«, hatte er gesagt und darauf vertraut, daß Zwi schon von selbst die Sophisterei und Rechtsverdrehung der Jesuiten durchschauen würde. Wenn nicht, dann würde er das auch akzeptieren müssen, denn jeder, so glaubte Pawel Bogainski, müßte seinen eigenen Weg gehen.

So war er, der Richter Bogainski.

»Das größte, Junge, ist die Freiheit des Geistes. Laß dir niemals von jemandem vorschreiben, was du denken sollst, nicht einmal von deinem Vater.«

Um von den Jesuiten aufgenommen zu werden, mußte Zwi sich erst taufen lassen, denn er war ja ein Halbjude. Sein Vater hatte nichts dagegen; er lachte nur und sagte: »Sie beten einen Juden an, doch nehmen sie keinen Juden in ihren Kreis auf. Das reicht schon für eine Feindschaft aus, oder etwa nicht?«

Zwi blieb auf der Jesuitenschule, bis er etwa siebzehn Jahre alt war. Da war sein Vater bereits drei Jahre tot. Er wurde nicht zum erbitterten Feind der Kirche, denn was sie ihm dort einzutrichtern versuchten, bewegte ihn nicht. Er konnte es herunterleiern, ohne sich darauf einzulassen, denn die kirchliche Lehre erschien ihm schon bald als unsinnig, wenn nicht gar dumm. Wie konnte ein vernünftiger Mensch glauben, daß ein allmächtiger Gott einerseits den Kosmos schuf und den Menschen, daß aber der Mensch andererseits doch nicht wurde, wie Gott ihn hatte haben wollen. Daß dieser Gott dann den Menschen und seine Nachkommen in Sippenhaft dafür strafte, daß er ihm mißlungen war. Dann aber wieder beschloß, ihn zu erlösen – indem er seinen Sohn abschlachten ließ. Ja, in dem Augenblick, als sein Sohn die Erde betrat, um die Menschen zu erlösen, ließ Gott durch Herodes alle Neugeborenen töten – ein gigantisches Blutbad, und dabei war immer von Liebe die Rede. Dazu kam der Zwang, *diesen* Gott ›über alles‹ zu lieben – als ob man Liebe erzwingen konnte. Und wer Gott nicht liebte, verfiel der ewigen Hölle. Spätestens hier konnte Zwi nur den Kopf schütteln über so viel Unsinn; nicht einmal als einen Witz konnte er das abtun.

Und doch kam kein Zorn in ihm auf, das wäre zuviel der Aufmerksamkeit gewesen. Sein Vater hatte sich also in ihm getäuscht: All das, was er über die Kirche und ihren Glauben, auch über deren blutige Geschichte, über die Hexenprozesse und die Inquisition etwa, erfuhr, alles das reichte nicht, ihn den Haß zu lehren. Zwi war kein Kämpfer, auch nicht im Geist; er ließ eher alles so sein, wie es war.

Dann eines Nachts verließ er die Schule; sprang heimlich aus dem Fenster und verschwendete nie wieder einen Gedanken an diese Dinge.

Er fuhr mit angespartem Geld zu seiner Mutter nach Budapest, blieb aber nur für eine kurze Zeit bei ihr, weil er glaubte, da nicht hinzupassen; seine Mutter hatte inzwischen ein eigenes Leben angefangen.

»Wenn du mich brauchst, ich bin da«, hatte sie nur gesagt.

Die Kinder gehen lassen. Ihnen nicht anhängen wie ein Bleigewicht bis zum Grab.

Das rechnete er ihr hoch an, so wie er seinem Vater ewig dankbar war, daß er diese Göttin zu seiner Mutter gemacht hatte.

Von seinem achtzehnten Lebensjahr an bekam er nach weiser Voraussicht seines Vaters jeden Monat eine gewisse Summe ausgezahlt. Der Richter hatte auf einem Konto in Kopenhagen einen Betrag für ihn hinterlassen, der es ihm erlaubte, bescheiden bis an sein Lebensende zu leben. Ohne arbeiten zu müssen. In äußerer Freiheit.

Ohne daß er gezwungen war, das Leben hinzugeben, nur um es zu erhalten.

Und auch das dankte er ihm zeit seines Lebens.

Zwi ging dann nach Berlin, denn dort drehte sich die Welt wie verrückt im Kreise, da konnte er den Pulsschlag der Zeit spüren. Er wollte dort herausfinden, wofür und wie es zu leben galt.

Ob das Leben einen geheimen Sinn hatte.

Ob es ein Drehbuch gab, nach dem das Welttheater ablief. Und während er all dem in Berlin auf die Spur zu kommen hoffte, verwilderte allmählich der Garten in Chlodnitze.

Frau Dziuba ging einmal in der Woche von zu Hause weg und schickte ihren Mann in den Garten, damit die beiden Kinder die Wohnung für sich allein hatten. Sie wünschte sich doch Enkel. Eine Frau mit einer verheirateten Tochter ohne Enkel – wie sah das denn aus?

Zuerst bezog sie noch frisch das Bett, später legte sie nur noch ein sauberes Bettuch auf, bald ließ sie alles, wie es war. Denn wenn sie wiederkam, war das Bett meist nicht benutzt.

Else wich dem Rudolf aus. Nur dann und wann, wenn es sich gar nicht vermeiden ließ, kam es zu einem kurzen Beiwohnen auf der Chaiselongue. Danach ging Rudolf Mainka immer mit einem merkwürdig siegreichen Gesicht aus dem Haus, als wollte er sagen: »Ja, ja, der Hannek, das ist schon einer!«

Manchmal brachte Hannek ihr Eier- oder Kirschlikör mit, er hatte gehört, daß die Mädels, wenn sie einen getrunken haben, anfangen, dumm zu lachen, und dann kann ein charmanter Liebhaber mit ihnen machen, was er will.

Die Else nicht. Ihr wurde es schlecht.

So lebten sie ein Jahr, dann bekamen sie eine Wohnung. Kleiststraße eins, zweiter Stock, zwei Zimmer à sechzehn Quadratmeter, eine kleine Küche mit Speisekammer und ein Bad. Ein Badeofen mit einer Sitzbadewanne, der Ofen wurde mit Kohle geheizt. Im Schlafzimmer ein weißlackiertes Bett mit zwei Nachtkästchen und einem schmalen Schrank. Im Wohnzimmer ein Nußbaumbücherschrank, neu gekauft und bar bezahlt, und ein polierter Tisch, an dem Hannek seine Transportaufträge notierte.

Eine Gegend, wo nur Angestellte wohnten.

Keine Arbeiter. Er wollte nie mehr unter Arbeitern wohnen.

Hannek hatte jetzt den Ford mit Ladefläche, von dem er immer geträumt hatte. Das Geld für den Wagen hatte ihm Frau Dziuba leihen müssen, weil er wieder einmal alles versoffen hatte. Seine Schwiegermutter hatte schnell herausgefunden, daß er sich nie ein Auto würde leisten können, und sie hatte alles, was sie gespart hatte, zusammengekratzt, damit sich der Mainka den erträumten Wagen kaufen konnte. Gebraucht natürlich. Warum sie das getan hatte, wußte sie selbst nicht recht – vielleicht, weil sie wollte, daß die Leute in Chlodnitze voll Neid darauf blickten, wie weit der Hannek und ihre Else es gebracht hatten. Vielleicht auch, weil niemand sehen sollte, wie sehr sie sich in Rudolf Mainka getäuscht hatte.

Vom Hannek hielt sie jetzt nicht mehr so viel, bereute

auch manchmal ihr Einverständnis zur Heirat, dann wieder war sie froh, daß sie wenigstens schon eine Tochter unter der Haube hatte.

Seit Hannek das Auto besaß und damit sein eigenes Fuhrunternehmen aufgemacht hatte, glaubte er, etwas Besseres zu sein. Und gab sich auch so.

Er legte sich eine andere Kleidung zu, und er besaß bald drei Anzüge: einen dunklen mit feinen Streifen, einen Pfeffer-und-Salz für passende Gelegenheiten und einen sportlichen. Die Jacke bunt kariert, die Hose himbeerrot.

Sein Ziel waren zwanzig Anzüge.

Er kaufte im Konfektionsgeschäft Roman Gnott ein. »Der Roman Gnott ist ein Weltmann vom Scheitel bis zur Sohle. Und soll ich dir sagen, mit wem der per Du ist? Hier, mit Rudolf Mainka.«

Er ging alle zwei Wochen zu Roman Gnott. Der kam aus Berlin, trug ein Monokel und Gamaschen und rauchte Zigarren. Er hatte hier einen Laden aufgemacht, denn in Chlodnitze herrschte seit kurzem ein wenig Goldgräberstimmung. Die Industrie warf Gewinne ab, die Grubenbesitzer hielten sich zeitweise am Ort auf, und mancher wohnte sogar mit seiner Familie in der Umgebung.

Rudolf wollte auch, daß seine Frau eine Dame wurde. Er kaufte ihr Hüte nach der neuesten Mode aus Wien und Berlin, dazu kunstseidene Strümpfe. Er hätte es gern gehabt, wenn die Leute gesagt hätten: »Was hat der Herr Mainka doch für eine schöne Frau.«

Wenn einer eine schöne Frau hatte, dann mußte etwas an ihm dran sein. Das war es doch, was alte reiche

Männer dazu trieb, sich eine junge Schönheit zuzulegen, oder etwa nicht?

Allmählich ging es mit dem Geschäft bergauf.

Rudolf Mainka nahm von da an eine andere Körperhaltung ein. Aufrechter. Gediegen. Wie ein Unternehmer. Trug immer öfter schon unter der Woche einen Sonntagsanzug und stellte noch einen zweiten Fahrer fest an für die Tage, an denen er selbst nicht arbeiten wollte.

Wenn er nicht gerade auf Tour war, hielt sich Hannek meist beim Sedlaczek in der Kneipe auf, stand an der Theke. Er hatte sich einen Hut mit breiter Krempe gekauft. Filz. Das brauchte man damals so. Damit gehörte er zur Oberschicht, und so stellte er sich am Tresen in der Nähe der Geschäftsleute von Chlodnitze auf, um mit ihnen ein Gespräch zu führen. Oder wenigstens zur Mittelschicht, das waren die Kleinhändler vom Markt und die Besitzer der kleineren Läden. Das war schon mehr, als der Biedok zu sein, als der er geboren wurde.

Er hatte den Victor Sachnik zu seinem Buchhalter gemacht, doch war der ihm keine große Hilfe, denn Rechnungen wurden kaum geschrieben; das war meist nicht nötig. Manche Leute zahlten gleich, manche nie, da half auch eine Rechnung nichts. Auch hatte die Else den Victor mit seinen paar Abrechnungen nicht gerne bei sich im Wohnzimmer an dem polierten Tisch; er roch ihr zu stark nach Schnaps, auch wenn ihn der Hannek immer mit Rasierwasser besprühte, bevor er kam.

Also nahm Rudolf den Victor lieber mit, wenn Transporte in die umliegenden Dörfer zu machen waren. Sie machten sich dann stets eine lustige Zeit. Wenn die Else sich ihm schon meistens verweigerte, dann brauchte sie sich nicht zu wundern, daß Hannek sich anderswo schadlos hielt.

Wo sie hinkamen, traten sie auf wie die Barone. Hannek lieh dem Victor bei besonderen Gelegenheiten seinen Zweitanzug, denn der Victor versoff restlos alles, was er verdiente. Eine Leidenschaft kann einen Menschen in den Ruin führen, und der Hannek konnte das gut verstehen. Dem Leidenschaftlichen mußte man helfen, wo es nur ging.

Zusammen schlenderten sie dann durch die Dorfstraße. Rauchten und führten anscheinend wichtige Reden, wobei sie aus den Augenwinkeln beobachteten, wo sich rechts und links die Gardinen bewegten, denn in einem Dorf geht es schneller als ein Kugelblitz durch die Häuser, wenn sich etwas Fremdes auf der Straße bewegt. Wo sie Jagdbeute witterten, klopften sie schließlich an und baten um einen Eimer Wasser für ihren Wagen, der vor dem Dorf läge, »heißgelaufen«.

»Wir hatten eine weite Reise, Frollein.«

Dann gingen sie mit dem Eimer vor das Dorf, kippten das Wasser am Motor vorbei aus – denn Bauern beobachten dich ja überall, wenn du wo auffällst – und brachten dann, sofern die Frau oder die Magd, oder die Tochter allein zu Haus war – als Geschenk eine Bonbonniere mit. War der Mann zu Haus, dann nicht.

Oder Kirschlikör.

Kirschlikör ließ die Mädels bald anfangen zu kichern, wenn die beiden ihnen Neuigkeiten aus der Welt und aus der großen Stadt Chlodnitze erzählten; er ließ sie zutraulich werden, und mir nichts dir nichts warst du schon mit der Hand unter dem Kleid, ohne daß sie was merkten. Und dann fehlte nicht mehr viel. Das ging auch schnell, es mußte ja vorbei sein, bevor die Männer nach Hause kamen.

Sie waren aber auch nicht kleinlich gegen die Mädels oder Frauen; sie gaben ihnen Geschenke, kleinere wie Handspiegelchen oder Zierspangen, die Rudolf Mainka in der Kneipe von einem Bauchladenhändler gekauft hatte. Oder auch schon einmal Nähgarn, Bäuerinnen können schließlich alles brauchen.

Parfüm war besonders beliebt.

Es gab Sorten, die nicht so teuer waren und trotzdem einen starken Geruch verströmten.

Wenn sie sie so mit ihren Geschenken bedacht hatten, freuten sich manche Mädels sogar, wenn die beiden Herren wiederkamen. Sie konnten die Zeiten nennen, wo alle draußen auf den Feldern waren, oder sie kamen ihnen auf der Landstraße schon entgegen. Rudolf Mainka hatte für den Ford günstig eine Plane erworben, so daß sie unter der Plane wie zu Hause waren. Über die mit Heu gefüllten Säcke hatte er eine weiche Decke gebreitet, und so lebten sie zu dieser Zeit wie Gott in Frankreich. Was das betraf.

Manchmal fuhren Hannek und Else an den Wochenenden mit Luzie und ihrem Verlobten Dieter Adamczyk in die Umgebung zu einer der »Bauden« oder Tanzgaststätten. Dort tranken sie etwas zusammen und lachten viel miteinander.

Zwei mußten hinten auf der Ladefläche sitzen, meist

waren es die Frauen, dann auch schon mal Else mit Dieter Adamczyk.

Und dann geschah es einmal, daß sie bei Jägersdorf in einer Ausflugsgaststätte mit Tanz – es war Mai, und die Luft war so flirrend und warm – bis in den Abend hinein blieben und auf der betonierten Tanzfläche die Beine schwangen.

Eine wandernde Zigeunerkapelle spielte auf: »Von der Puszta will ich träumen…«

Und den Zigeunerbaron, den Wiener Walzer bis dorthinaus. Sie drehten sich, bis es ihnen schwindelig wurde, und tranken Maibowle.

Wenn Else mit Dieter Adamczyk tanzte, vergaß sie die ganze Welt. »Wie elegant dein Mann tanzt, Luzie, was hast du doch für ein Glück!«

Rudolf Mainka tanzte, als hätte er ein Holzbein ohne Scharniere. Und als es dann dunkler wurde, schob Dieter Adamczyk Else Mainka in eine weniger beleuchtete Ecke der Tanzfläche, die ohnehin nur von bunten Glühbirnen erhellt wurde, und preßte sich dort so heftig gegen sie, daß sie wegen eines merkwürdigen Glücksgefühls fast ohnmächtig wurde.

»Geben Sie mir Ihr Herz, Frau Else…«

Wie ein Dichter sprach er. Freilich duzten sie sich sonst, doch wie schön klang jetzt das »Sie« in ihren Ohren: »Geben SIE… MIR… Ihr Herz… Frauuu…«

Das war ein Unterschied, das konnte auch sie erkennen, denn wie hätte es geklungen, hätte er bloß gesagt: »Gib mir dein Herz, Else!«

Sie liebte die Sprache der Dichtung.

Schillergoethe schrieb manchmal Gedichte, doch

kannte sie keines von ihm. Hier kannten sie nur den Dichter Kozender, denn er schrieb jede Woche ein Gedicht im ›Wanderer‹.

Sie ließ sich in Dieters Armen hängen, vertraute ihm, daß er sie nicht fallen lassen würde, so wie sie sich auch Gott überlassen konnte. Die Sterne flimmerten am Himmel und schwirrten ihr im ganzen Leib herum. Oder war sie vielleicht einfach nur zu sehr beschickert?

Schließlich führte Dieter Adamczyk sie zurück an den Tisch. »Komm«, sagte er, »wir machen einen Spaziergang, Mädels, ja!!« Und zog Luzie hinter das Lokal in den Wald, wo sie sich in nicht allzu weiter Entfernung etwas Moos suchten und ihre eheliche Pflicht vollzogen.

»In der Natur ist es am schönsten«, sagte Luzie dann immer. Oder auch prosaischer: »Nächstes Mal nehm' wir eine Decke mit, denk dran!« Oder: »Wenn wir nach Hause kommen, koch' ich dir was.«

Auch der Hannek brach mit Else auf, doch gingen sie zum Auto.

»Wenn wir schon ein Auto haben, wollen wir auch ein Stück fahren. Wer sich was leisten kann, soll es ruhig zeigen.«

Er mußte den Ford erst ankurbeln, weil er nicht ansprang. Sie fuhren dann nicht weit; Hannek schien einen Plan zu haben und hatte es eilig. Er bog in den nächsten Feldweg ein und hielt mitten in den Feldern an.

Else saß neben ihm mit geschlossenen Augen und lächelte selig wie in einem Film. Hannek stellte fest, daß sie jetzt wie eine Schönheit aussah, und zog sie von ihrem Sitz nach draußen.

Er hob sie auf die Ladefläche des Wagens, wo die Heusäcke lagen, die den hinteren Fahrgästen als bequeme Sitze dienten.

Sie ließ alles mit sich geschehen, denn sie fühlte immer noch Dieter Adamczyk an ihrem Leib. Sie ließ es zu, daß er ihr den Schlüpfer herunterzog, dabei in der Eile nur das eine Hosenbein über den Schuh und dabei auch gleich den Schuh mit herunterstreifte, während der Schlüpfer am anderen Bein hängenblieb, was aber nicht störte, auch der Schuh mußte nicht ausgezogen werden. So lag sie selig mit geschlossenen Augen da, die Sterne tanzten in ihr, und Rudolf Mainka zeugte ihren ersten Sohn.

Danach kam wieder der Alltag.

Rudolf Mainka fuhr Transporte, Else lief noch ein paar Tage wie vom Himmel gefallen in der Welt herum, setzte sich öfter auf einen Stuhl oder draußen auf eine Bank und blickte mit seligem Lächeln vor sich hin.

Nicht Rudolf Mainka, ihr Mann, war in ihrem Sinn. Eher ein Schweben, ein ewiger Walzer, und jemand hielt sie fest, auf den sie sich fallen ließ. Die Sterne jener Nacht tanzten noch in ihr und um sie herum. Rudolf war auf Tour, und so störte sie niemand.

Das, was sie festhielt, hatte keinen Namen, doch es war Dieter Adamczyk.

Zuweilen, wenn Victor und Rudolf etwas Besonderes vorhatten und etwa in den Admiralspalast in der Kreisstadt zum Tanz gingen, lieh Hannek dem Victor den Anzug mit Pfeffer-und-Salz-Muster; er selber kleidete sich sportlich. Wobei er schon mal einen roten oder weißen Seidenschal recht nach Künstlerart um den Hals wickelte, das eine Ende über die Schulter geworfen.

»Versuch das mal so, Victor! Das kommt bei den Frauen gut an.«

Das hatte der Gnott ihm gezeigt: »Und immer druff achten, dat es locker aussieht, weeste.«

Weil dem Victor die Hose zu lang war, schlug er oben im Gurt die Gürtelleiste einmal um und machte sie mit Sicherheitsnadeln fest. Zusätzlich trug er Hosenträger, das hielt dann auch, wobei er darauf achten mußte, daß die Jacke nicht aufging, weil das dumm aussah. Doch blieb er ohnehin meist sitzen, er war kein so großer Tänzer. Einen trinken, mehr wollte er nicht. Nur wenn der Rudolf mal ein Mädel an den Tisch schleifte, das eine Freundin dabei hatte, dann sprang er ein und übernahm die Freundin.

So ein Abend kostete meist den Verdienst einer ganzen Woche, denn daß Rudolf die gesamte Rechnung übernahm, verstand sich von selbst.

»Schreib alles auf Rudolf Mainka, Ober! Mainka zahlt immer alles. Die ganze Stadt redet von Rudolf Mainka.«

Wenn Rudolf von seinen Fahrten in die Umgebung nach Hause kam, trug er den Hut ins Genick geschoben und machte dieses gewisse Gesicht, an dem Else sofort merkte, daß er sie unterwegs mit einer anderen betrogen hatte. Sie wußte längst, was sich da abspielte. In der ersten Zeit weinte Else tagelang darüber, dann nur noch nachts.

Als ihr zum ersten Mal auffiel, daß sie schwanger sein könnte, erzählte sie die Neuigkeit sogleich ihrer Mutter.

Frau Dziuba ließ die Hände in den Schoß fallen und sagte: »Gott sei's gedankt, Mädel; wir wollen IHM auf Knien danken. Nicht auszudenken, ihr hättet kein Kind bekommen; die Leute haben schon geredet.« Dann seufzte sie und blickte Else an: »Ja, ja, Mädel, jetzt beginnt für dich das schwere Leben. Aber zum anderen ist nichts so schön für eine junge Frau, als Mutter zu sein. Du mußt auf deine Tage achten, immer wenn sie nicht kommen, bist du Mutter.«

Als ihre Tage nicht kamen, ging Else zur Luzie.

»Mein Gott, Luzie, wie wird das werden? Wenn das Kind bloß schön und gesund wird. Du möchtest doch bestimmt auch ein Kind, Luzie, wo du so ein' schön' Mann hast. Wenn du auch ein Kind bekommst, könnten wir sie zusammen im Kinderwagen spazierenfahren, und zwei Mütter können sich in der Erziehung immer beraten.« Sie zündete für Luzie eine Kerze in der Kirche an, und zwar bei der Heiligen Anna.

Sie sagte: »Schade, daß du nicht mehr richtig katholisch bist, sonst könntest du deinen Leib segnen lassen, das hilft.«

Luzie war wohl katholisch, doch weil sie einen Evangelischen geheiratet hatte, war sie aus Gottes Gnade entlassen.

»Ich werde dafür beten, daß Gott euch auch ein Kind schenkt, ja?«

»Brauchst du nicht«, hatte Luzie gesagt, »wir machen das schon allein.«

Es blieb auch nicht lange aus, daß Luzie gleichfalls schwanger wurde. Jetzt saßen die beiden Freundinnen noch öfter zusammen, und Else sprach dann mit Luzie viel über Dieter. Fragte, wann sie ein eigenes Geschäft aufmachen würden. Versprach, sich dann jede Woche die Haare ondulieren und sie sich jeden Tag legen zu lassen.

»Bedient dein Dieter auch die Damen, sag?«

»Er ist ja gelernter Damen- *und* Herrenfriseur, Else, das weißt du doch.«

»Oh, du Glückliche!«

Nebenbei blätterten sie die Zeitungen durch, welche Luzie aus dem Frisiersalon entlieh, wo Dieter Adamczyk beschäftigt war, um Kleider für Schwangere zu suchen.

»Wir müssen Kinderkleidung nach der neuesten Mode haben, Luzie, alle Leute sollen sich nach uns umdrehen.«

»Junge oder Mädel? Was wünschst du dir?«

Luzie wollte ein Mädel, Else einen Jungen.

»Wenn ich deinen Mann so seh', dann möchte ich lieber einen Jungen, womöglich mit Locken«, sagte Else öfter.

Merkwürdigerweise verschwand in dieser Zeit Hannek ganz aus Elses Kopf, aus ihren Gedanken, als gäbe es ihn nicht. Sie sah ihn auch selten; ja meistens kam er erst spät nachts nach Hause, wenn sie schon schlief. Er murmelte dann: »Ich tu nichts, was dem Kind schadet, schließlich bin ich sein Vater.«

Die Mutter Dziuba hatte ihm unter vier Augen und mit leiser Stimme gesagt, man dürfe bei einer werdenden Mutter nicht mehr intim werden, das schade dem Kind. Genau hatte sie nicht gesagt, was sie meinte, doch mußte sie das Mädel vor dem Mann schützen, das war als Mutter schließlich ihre Pflicht.

»Ich versteh', Mama, ich weiß Bescheid, was du meinst. Verlaß dich auf mich.«

»Das Kind wird dann dumm«, hatte Frau Dziuba noch gesagt, »wenn der Mann die Frau nicht sein läßt. Was möchtet ihr mit einem dummen Kind anfangen?«

Damit das Kind nicht dumm würde, dafür wollte er alles tun, und wenn es noch so schwer fiel. Nein, er würde nichts tun, was dem Kind schaden könnte.

»Das Kind braucht Schlaf«, brummte er daher, wenn er spät nachts ins Schlafzimmer kam, »also bekommt es Schlaf. Es wird *mein* Kind, und wer was anderes sagt, den schlag' ich tot. *Es wird mein Kind. Mein* Sohn. *Ich* bin der Herr im Haus, habt ihr mich alle gehört?«

Das letzte brüllte er so, daß Else nicht weiterschlafen konnte und zu spüren meinte, wie auch das Kind in ihr aufgewacht war und litt.

Rudolf Mainka achtete nicht mehr auf seine Schwindsucht, doch hustete er mehr und mehr. Er kaufte jetzt manchmal zu essen ein, Apfelsinen, Mandarinen, Mandeln, auch Pralinen. Gab Else Geld, damit sie sich mit neuer Unterwäsche einkleidete; Unterwäsche liebte er bei den Frauen über alles. Er drängte sie, sich ihm doch einmal in Unterwäsche zu zeigen, aber Else weigerte sich.

»Hannek – in der Schwangerschaft! Einer Mutter muß die Schwangerschaft heilig sein.«

Er nahm das hin, ging allenfalls vielleicht wieder einmal zur Witwe Dziurka, was aber nicht so oft geschah. Er nahm dann jedesmal die Straßenbahn, drei Stationen, doch stieg er meistens schon nach der zweiten Station aus, falls ihn jemand sehen sollte, und ging vom Hintereingang in das Haus.

Die Kneipe vom Sedlaczek besuchte er immer noch regelmäßig; allerdings trank er merklich weniger. Statt dessen schwärmte er von dem Sohn, den seine Frau ihm schenken würde – an die Möglichkeit, daß es eine Tochter werden könnte, dachte er keinen Augenblick: »Was meint ihr, was das für ein Junge wird! Mainka und Sohn!«

Er rauchte Zigarren, er stützte sich mit einer Hand schwer auf den Tresen, mit der anderen hielt er die Zigarre, und den Hut schob er in den Nacken, während er genüßlich den Zigarrenrauch gegen Sedlaczeks Decke blies.

»Und sobald er auf der Welt ist, lasse ich ihn sofort auf die Firma eintragen, chłopce*, das kann ich euch sagen. Und auf allen Fahrzeugen meines Fuhrparks wird stehen: MAINKA & SOHN, TRANSPORTE WELTWEIT.«

Als der Geburtstermin näher rückte, sagte Frau Dziuba: »Komm zur Geburt nach Hause, die Mutter ist immer noch der beste Beistand für ein Mädel. Ich wer' dir dort alles bequem machen. Ja, ja Mädel, jetzt fangen die Pflichten an.«

Die Hebamme, Frau Drolnik, war informiert, hatte

* polnisch: Jungs

aber gesagt: »Vor Vollmond braucht ihr gar nicht damit zu rechnen. Sollte es eher soweit sein, komm' ich sofort. Aber Kinder kommen am liebsten bei Vollmond.«

Stimmte nicht, es kam nicht bei Vollmond. Die Geburt kostete zwanzig Mark, später wollte Frau Dziuba noch etwas Gemüse aus dem Garten draufzahlen, und es war ein gesunder Junge von viereinhalb Kilo.

Das Kind hatte keine Flecken, keine Schwindsucht, es war nicht blind und nicht dumm, denn es brüllte sofort los. Es sah nicht besonders schön aus, Else merkte das sofort. Aber es war, gottlob, ein Sohn; der Hannek hätte sie windelweich geschlagen, wenn es ein Mädchen geworden wäre. Er hatte sich schon so auf den Stammhalter gefreut, und er gab ihr immer die Schuld, wenn etwas nicht so ging, wie er wollte.

»Mein Gott, Mama, genau, was ich wollte. Ein Junge.«

Else fand, daß er wie Dieter aussah, aber das verschluckte sie lieber. Bald stellte sich auch heraus, daß sie sich getäuscht hatte, weil die Locken, die der Junge bei der Geburt hatte, sich wieder verloren. Er sah dann dem Hannek ähnlich. Was sie ein wenig schmerzte. Doch als Mutter mußte sie zu dem Kind stehen, auch wenn es nicht dem Richtigen glich.

»Das Kind wird sofort auf einen modernen Namen getauft«, bestimmte Rudolf Mainka, »daß ihm eine gute Zukunft gesichert wird. Weil ein Name ist wichtig; wenn du den richtigen Namen hast, kannst du ganz anders auf die Leute einwirken. Künstler haben meistens nicht den eigenen Namen. Nehmen wir mal Jan Kipura. Wenn er Paule Kotlik hieße, schon wäre er nicht berühmt geworden. Mein Sohn bekommt den schönsten, den besten, den berühmtesten Namen in der ganzen Gegend.«

Der Junge sollte einen deutschen Namen haben.

»Als Deutscher hast du es einfach leichter im Leben. Als Poler wirst du hier totgeschlagen, gehst du über die Grenze, bekommst du dort nichts zu fressen – also was willst du? Der Junge wird mir von vornherein ein Deutscher.«

Rudolf sprach im Geschäftsverkehr meistens Deutsch, auf den Dörfern, mit Else und bei seinen Eltern Polnisch. Sein Vater und seine Mutter konnten kaum Deutsch, sie waren beide bei ihrer Hochzeit über die Grenze gekommen, weil es in Polen keine Arbeit gab. Die Brüder seines Vaters waren verbissen Deutsche geworden, so daß sie sich weigerten, noch Polnisch zu können. Sie vertrugen sich nicht untereinander, nur weil die einen Deutsche, die anderen Polen sein wollten.

»Will ich als Poler Steine fressen oder als Deutscher Brot? Na also!«

An einem Sonntag wurde das Kind getauft.

Victor Sachnik und Luzie waren die Taufpaten, Luzie war erst im siebten Monat. Else hätte gern Dieter Adamczyk als Paten gehabt, sie wollte nämlich das Kind Dieter taufen lassen, was Rudolf auf keinen Fall zulassen wollte. Es war sein Sohn, und der sollte Norbert heißen, und nicht anders. Den Namen hatte ihm einer beim Sedlaczek genannt: »Norbert, Hannek, einen deutscheren Namen gibt es nicht. Ich habe einen im Krieg gekannt, der hieß Norbert und hat es bis zum

Leutnant gebracht. Von nichts zum Leutnant, das mach mal einer nach!«

Weil der Kleine in letzter Sekunde noch einmal in die Windeln gepullt hatte und neu gewickelt werden mußte, und weil sich Else bis zuletzt mit Rudolf über den Namen für das Kind gezankt hatte, so daß sie jetzt völlig durcheinander war und für alles doppelt so lange brauchte, trafen sie erst mit ziemlicher Verspätung in der Kirche ein.

Indes hatte der Pfarrer Urbanczik immer wieder einmal aus der Sakristei geschaut, ob die Taufgesellschaft schon da war, hatte es dann aber aufgegeben und sich die Schuhe ausgezogen; er hatte es mit den Füßen. Dann hatte er sich ein Glas Meßwein genehmigt. Schließlich war es nicht seine Schuld, daß die Leute so unchristlich spät eintrafen. Zumal der Wein in der letzten Zeit nicht mehr so knapp war wie zuvor, als er noch vom bischöflichen Ordinariat zugeteilt wurde. Nun kam er als Opfergabe von einem gewissen Knottek. Niederschlesier. Wenn man den Niederschlesiern nachsagt, sie seien zwar ein wegen ihrer Zeugungserfolge weltberühmtes Volk, welches gewisse Ähnlichkeiten mit den Karnikkeln aufweise, dafür aber auch gleichzeitig, was die Beschaffenheit der Denkmaschine, also des Gehirns – bei Kalbshirn sollte der gute Koch nicht versäumen, etwas Muskatnuß hinzuzufügen, das nebenbei für den Fall, daß der geschätzte Leser kulinarische Ambitionen haben sollte – angeht, ein wenig unterbelichtet, wenn man also den Niederschlesiern all dieses böswillig nachsagt, so stimmt es nur zum Teil. Und auf den Knottek trifft es überhaupt nicht zu. Was sich schon dadurch beweist, daß er in sechs Jahren Ehe nur vier Kinder zeugte, also mindestens drei Kinder übersprang. Ausließ. Und was das Köpfchen betrifft, so brachte er es in eben diesen sechs Jahren von einem Getränkelieferanten, der mit einem Handwagen anfing, an den Haustüren Limonade zu verkaufen, zu einem angesehenen Getränkehändler, der einen eigenen Lieferwagen besaß und nun nicht mehr nur Limonade, sondern auch Einfachbier und scharfe Getränke vertrieb, unter denen sich auch Kostbarkeiten wie Kognak, ausländische Liköre, polnischer Wodka, holländischer Aquavit und, man stelle sich das vor, sogar Wein verschiedenster Jahrgänge befand.

Und das in dieser Gegend, die so arm war, daß die Leute ihren Schnaps im Stall aus Kartoffelschalen brennen mußten.

Knottek also lieferte in der Pfarrei jeden Monat pünktlich einen Karton schönsten österreichischen Weines ab als Opfer für seine Sünden – denn wer, bitte, hat schon keine Sünden?

Zuvor war der Wein als Zuteilung vom bischöflichen Ordinariat gekommen. Eine Flasche pro Monat mit der Anweisung, nach der heiligen Wandlung den Rest aus dem Kelch jeweils wieder zurück in die Flasche zu gießen. Der Wein war so sauer gewesen, daß der Pfarrer Urbanczik das leicht hätte tun können, denn nur daran zu nippen, rollte dem guten Mann die Unterhose schon bis an die Knie hinauf. Doch Urbancziks Gewissen sträubte sich, den in das Blut des Herrn verwandelten Wein immer und immer wieder aufs neue in Christi Blut zu verwandeln. Zumal man vom Bischof munkelte, der verwende für die heilige Wandlung nur allerbesten Wein und nähme dann bei der Messe gleich drei bis vier Kelche zu sich. Dafür würde er dann aber auch um so schöner singen.

Ein Glück also für Pfarrer Urbanczik, daß er dank Knotteks Opferfreude nicht mehr auf den bischöflichen Meßwein angewiesen war.

Angefangen hatte alles, als der Knottek einmal zufällig in einer Skatrunde mitspielte, an der der Apotheker Winkelmann, der Lehrer Franek und der Pfarrer Urbanczik teilnahmen, und zwar in Winkelmanns Hinterstube hinter der Apotheke.

Nun hatte Winkelmann aus Sirup, kleinen geheimen Zusätzen, auch ein wenig saurem Gurkensaft und allerreinstem Alkohol einen Wein von allererster Auslese geschaffen. Weil nun aber der Knottek wohl etwas zu viel daran nippte, war der Wein zu früh ausgegangen, und eine gewisse Wehmut schlich sich in die Skatrunde ein.

Nicht, daß Urbanczik direkt gejammert hätte, als er an diesem Abend auf den Meßwein zu sprechen kam. Es war eher ein Klagen, und es war, ähnlich der Wehklage Hiobs aus der Bibel, gen Himmel, also an den Herrn gerichtet, keinesfalls an Herrn Knottek, den Schnapshändler in Chlodnitze. Man kann sagen, es war ein Aufschrei der armen Kreatur Mensch aus tiefer irdischer Hilflosigkeit und Bedrängnis.

Nur zufällig mag Pfarrer Urbanczik in Richtung auf den Knottek hin geschaut haben, als er klagte, daß jene immer und immer wiederholte Wandlung des sauren Weines in das Blut Gottes doch wohl nicht Sein Wohlgefallen erringen könne.

Wen da die Gnade der Erleuchtung treffen würde, dem Unheil Abhilfe zu schaffen, der sei fein raus. Am jüngsten Tag würde er großartig auf der Seite der Gerechten stehen und Hosiannah singen. »Denn wahrlich, der Herr läßt sich nichts umsonst schenken. Bekommt er was, gibt er auch was.«

Man spielte zu Ende, und vom Wein war nicht mehr die Rede. Zu Gunsten des Pfarrers Urbanczik soll gesagt werden, daß er vielleicht gar nicht wußte, welchen Handel Knottek betrieb. Vielleicht kannte er ihn nicht einmal beim Namen, und es war dann wohl wahrhaftig Zufall, daß Urbanczik noch Lust auf einen kleinen Umweg hatte, der etwa in die Richtung führte, in welche Knottek nach Hause ging.

Es wurde kaum geredet.

Nur das eine oder andere Mal sagte Urbanczik: »Ja, ja.« Dann: »Ja, ja. Unser Herr.«

Es ist nachträglich nicht mehr genau festzustellen, ob es eine Stimme aus dem Himmel war, welche dem Knottek eingab, daß der Christenmensch am laufenden Band sündige. Oder ob es Urbanczik gewesen war, der mit Engelszungen davon sprach, daß der Herr deshalb die Beichte geschaffen habe, daß diese allein aber nicht ausreiche. Denn wohl seien dem Sünder danach seine Verfehlungen vergeben, nicht aber die *Strafen* dafür erlassen. Für die Erlassung derselben aber habe der Herr in seiner Gnade dem Menschen die Möglichkeit des Ablasses gegeben. Und der war durch ein paar kleine Opfer zu erlangen. Je großherziger diese dabei waren, um so besser. Denn wer wußte schon von sich, wie tief er bei Gott bereits in der Kreide stand.

Und seit jener erlauchten Stunde der Nacht spendierte Knottek dem Herrn jeden Monat einen ganzen Karton Wein. Und wenn es der Kirchenfeste und Messen gar viele in einem Monat gab, auch einmal zwei.

Trotz dieser für ihn wunderbaren Weinvermehrung vergeudete der Pfarrer Urbanczik nie *leichtfertig* das Blut des Herrn. Er *haderte* vielmehr. Bei jedem Glas, das er probierte, litt er von neuem. Schob das Glas von sich, schaute zum Himmel oder aus dem Fenster und sprach: »Wenn ich Unrecht tu und du es nicht willst, Herr, dann gib mir ein Zeichen und nimm dieses Glas von mir.«

Und der Herr ließ die Gläser für ihn stehen.

Er war nicht kleinlich.

Und hatte Er nicht gesagt: »Ich bin gekommen, um die Hungernden mit meinem Fleisch zu sättigen und die Durstigen mit meinem Blut zu laben...«

Und der Herr wußte sicher, was es hieß, Durst zu haben. Und dann dieses schwarze Wasser in der Gegend von Chlodnitze trinken zu müssen. Es war hart und bitter. Die Erde war voller Bodenschätze, Kohle. Oben, unten, überall Kohle. Und die setzte sich im Wasser ab.

Wer hier auf Wasser angewiesen war, war übel dran.

Urbanczik hatte in der Zeit des Wartens auf die Taufgesellschaft eine halbe Flasche zu sich nehmen müssen. Das Rheuma plagte ihn an diesem Tag besonders, in der Sakristei war es kalt, und er war dann wohl auch ein wenig eingenickt. Deshalb sah Urbanczik die Welt etwas verschwommen, als die Ministranten ihn weckten und flüsterten: »Sie sind gekommen.«

»Wer ist gekommen?«

»Der Herr Hannek.«

»Wer ist das?«

»Die Taufe, Herr Pfarrer, wir haben eine Taufe in der Kirche.«

»Wo? Ach das. Ja.«

Dann wollten sie ihm die Schuhe anziehen, was nicht gelang. Also zogen sie ihm das längere Meßgewand des Kaplans über, welcher einen Kopf größer war. Unter dem langen Meßgewand konnte man nicht sehen, daß Urbanczik auch keine Socken anhatte. Seit seine Köchin gestorben war, kümmerte sich keiner mehr um seine Socken. Und so betrat er den Kirchenraum, um Rudolf Mainkas Sohn zu taufen.

Nun hat der Mensch immer drei Namen, der eine ist der erste, der andere der zweite, und diese zwei sind für die Papiere, der dritte aber ist der Rufname. Weil die ersten Namen meistens nichts taugen, denn sie werden zu Ehren von Heiligen oder Verwandten vergeben. Der Mensch braucht aber einen Namen, der zu ihm paßt, und den kann man erst an seinem Wesen erkennen, wenn der Mensch größer wird. Weil der Name etwas Magisches ist.

Es kommt auch schon vor, daß ein Verwandter beerbt werden soll, dann gibt man dem Kind dessen Namen, egal wie dämlich er ist. Der Namenspatron muß sich dann um das Kind kümmern, bei jedem Geburtstag und jeder Gelegenheit mit kleinen Geschenken aufwarten, das kann man wenigstens verlangen. Und später sollte etwas Erbmasse anfallen, und wenn es nur ein paar Möbel sind oder ein paar Schuhe. Selbst ein Fahrrad ist gut zu gebrauchen.

Die ersten beiden Namen also werden durch die Taufe verursacht. Nehmen wir an, einer heißt Josef. Ist auf den Namen JOSEF getauft. Für den Alltag ist das nicht zu gebrauchen, das klingt nach nichts. Obendrein war der heilige Josef nur ein Halbheiliger, Pflegevater des Herrn, und kein Märtyrer. Ruft ihr nun einen: Josef! das klingt bedrohlich, als habe er eine Ohrfeige zu erwarten. Doch dann: Josele, Jolla, Josetschko oder JOLLKA, na? Klingt das nicht anders? Na also. Und wie das im Ohr rollt. Wie von Goetheschiller gedichtet.

Und genauso hieß Else nicht Else, sondern Elisabeth. Und ihre Schwester nicht Hedel, sondern Hedwig. Beide Namen aus der Heiligengeschichte entnommen.

Elses Junge dagegen sollte, so wollte es der Hannek, Norbert heißen.

Wie der Pfarrer nun den Namen erfragen wollte, auf den das Kind getauft werden sollte, sagte Else rasch: »Dieter.«

»Norbert«, sagte Rudolf Mainka, »er soll Norbert Willem heißen, den Namen bestimmt der Vater.«

Aber da kannte Hannek den Pfarrer Urbanczik schlecht. »Kommt nicht in Frage«, schimpfte er.

»Ein christliches Kind braucht einen christlichen Namen. Weil der Patron im Himmel Fürsprache einlegen muß und sich um das Kind sorgen wird. Der Junge braucht mindestens einen christlichen Vornamen; was seid ihr hier bloß für Christen!«

Der Pfarrer war sichtlich erzürnt, so daß beide kleinlaut wurden.

Also ließen sie geschehen, was da kommen sollte.

»Jedenfalls aber Norbert«, konnte Rudolf Mainka in seinem Mut, den ihm der eine Schnaps eingab, den er zur Stärkung noch vor der Taufe schnell getrunken hatte, noch verlangen, »das ist schon so festgelegt. Ich habe ein großes Geschäft für ihn aufgebaut.«

»Dann taufe ich das Kind auf den Namen Norbert« – und Else würgte es im Hals, als sie den Namen so ein für allemal festgelegt hörte, und die Tränen stiegen in ihr auf – »äh, ich taufe es auf die Namen Norbert und, damit es die schöne Tugend der Gottesfurcht mit auf den Weg bekommt, FÜRCHTEGOTT. NORBERT FÜRCHTEGOTT im Namen des Vaters und des Sohnes und des...«

Gegen Gottes Macht kannst du nichts machen.

NORBERT FÜRCHTEGOTT MAINKA. Auf Lebenszeit.

Was sich als Segen ausgab, war ein Fluch. Er würde diesen Namen tragen wie eine Narbe.

Ein Norbert Fürchtegott wird nie eine Oper komponieren oder ein Land regieren können. Er wird kein Abenteuer bestehen und keine bedeutenden Taten vollbringen. Er wird das Leben nicht begreifen können, ja nicht einmal ahnen, daß es unter glücklichen Umständen zu begreifen wäre.

Statt dessen wird er als Vertreter für Markisen und Vorhangstangen sein Leben fristen und an einer zu großen Portion Fisch sterben. Denn als Vertreter wird er auf Spesen essen und deshalb manchmal etwas zu viel in sich hineinschlingen. So wird Norbert Fürchtegott Mainka im Alter von 45 Jahren in einem mittleren Hotel in Wuppertal an der zu großen Portion Fisch – Weserscholle auf Speck gebraten mit Salzkartoffeln und Beilagen – sterben.

Acht Bier wird er dazu trinken und den gewohnten Verdauungsschnaps gar nicht mehr erleben.

Er wird eine dickliche Frau geheiratet haben, und er wird zwei Kinder mit ihr zeugen, von denen eines die durchschnittliche Intelligenz eines Bürgers im Beamtenstand erreichen wird und das andere nicht einmal diese. Denn der Name ist Magie, und sein Fluch kann sich über Generationen vererben, wenn die Kette des Unheils nicht durch irgendein Ereignis unterbrochen wird.

Eine Zeitlang stillte Else das Kind pflichtgemäß. Dabei deckte sie ihm die Augen zu, damit es den Busen nicht sehen konnte; schließlich war es ein Junge. Nach zwei Monaten fing sie an, es an normales Essen zu gewöhnen, sonst würde es später im Leben zu verwöhnt werden: geriebene Mohrrüben, gekocht, und Milch, bald auch süßes Weißbrot aufgeweicht und schon mal Milchsuppe.

Von da an gab Else den Jungen die meiste Zeit zu ihrer Mutter, weil diese mehr Erfahrung mit Kindern hatte und sie es dort gut aufgehoben wähnte.

Dann wurde Luzies Kind geboren; es war gleichfalls ein Junge. Else wich nicht von ihrer Seite und half ihr, wo sie konnte.

»Wie es dem Dieter gleicht, Luzie! Am meisten von der Seite. Und dieselben Locken!!«

Dabei hatte das Kind gar keine Locken, überhaupt fast keine Haare. Doch Else trug es viel herum und wikkelte die spärlichen Haare immer wieder mit etwas Spucke um ihren Finger. Vielleicht hatte es ja doch Lokken wie Dieter, man mußte sie nur sich entwickeln lassen.

Der Junge wurde evangelisch getauft. Auf den Namen Heinz Dieter. Ein Kind soll ja den Namen des Vaters irgendwie weitertragen, wenn es geht.

Die erste Zeit seines Lebens verbrachte Norbert Fürchtegott meist bei Frau Dziuba.

Als der Junge zwei Jahre alt wurde, hatte Rudolf sein Geschäft bereits wieder vergrößert. Er hatte einen zweiten Lieferwagen gekauft – er schwärmte jetzt von der Marke Opel, bis die ersten Reparaturen kamen – und einen weiteren Fahrer eingestellt. Allerdings hatte er jetzt auch mehr Ärger, denn die Fahrer erlaubten sich Privatfahrten und unterschlugen auch schon einmal ein wenig Geld, den er immer öfter in Alkohol ersaufen oder in den Armen einer anderen Frau vergessen mußte.

Und die Else heulte mehr, als sie lachte.

Manchmal brachte Hannek dem Kind große Mengen Schokolade und Süßigkeiten mit, so daß es krank wurde. Denn er erlaubte freilich, daß der Junge so viel aß, wie er nur wollte. An solchen Tagen. Wo Hannek dann einen halben Tag zu Hause blieb. Und sagte: »So einen Vater hätte ich mir auch gewünscht, mein Lieber. Bei mir kann das Kind machen, was es will. Und wenn es einer schlagen sollte – den schlage ich tot.«

Er sagte gern, er würde jemanden totschlagen. Dabei hatte er Muskeln wie eine Fliege, und die Schwindsucht schwelte in seinem Leib.

Jetzt, da der Junge größer war, nahm Else ihn wieder mehr zu sich in die Wohnung. Kaufte ihm auch ein Kinderbett.

Aber das Kind war ihr immer noch fremd, und es erinnerte sie in einem fort an Hannek und daran, wie sehr er ihr Leben zerstört hatte. Auch erschien Norbert ihr wie ein Klotz am Bein. Deshalb ließ sie das Kind auch am liebsten allein zu Hause, wenn sie etwa zur Luzie ging.

»Ein Kind muß frühzeitig lernen, auf eigenen Beinen zu stehen.«

Dann schrie Norbert Fürchtegott in Todesangst. Er war zwei Jahre alt.

»Wenn du dich in die Hosen pullst, dann sollst du was erleben, hast du gehört? Ein Kind muß früh lernen, was sich gehört.«

Norbert pinkelte in seiner Todesangst in die Hosen, und dann schlug sie auf ihn ein, wenn sie in die Wohnung zurückkam, bis er nicht mehr schreien konnte, weil er keine Luft mehr bekam.

»Ein Kind muß parieren können, Mama. Das hat er bei mir wenigstens schon gelernt. So nach und nach wer' ich mir den schon erziehn.« Die alte Frau Dziuba sagte, sie dürfe das Kind nicht so viel schlagen. Sie müsse ihm auf andere Weise Respekt beibringen, ein Kind sei auch bloß ein armes Wesen.

Statt ihn zu schlagen, erzählte Else ihm von da an öfter Geschichten.

Vom Wassergeist Utoplez und dem Teufel, der die Kinder holt, die in die Hosen pullen.

»Der Utoplez lebt im Teich, und er ist der Teufel.

Und wenn Kinder nicht folgen, dann kommt er in der Nacht, wenn sie schlafen oder die Eltern nicht zu Hause sind, und holt sie ab. Der Utoplez hat einen Pferdefuß wie der Teufel, aber er trägt meistens Schuhe, damit man ihn nicht hört, wenn er kommt. Weil er ein Wassergeist ist, tropft ihm ständig Wasser aus dem Hosenbein. Wenn du also einen siehst, dem Wasser aus der Hose tropft, dann ist es der Utoplez, der dich holen kommt. Er zieht dich erst ins Wasser, und dann kommst du in die Hölle. Wenn du nicht machst, was deine Mutti sagt.«

Als das Kind drei Jahre alt war, wurde es wieder mehr zur Oma Dziuba gebracht. Auch sie erzählte ihm vom Utoplez, vom Teufel, vom Wolf.

»Was ist ein Wolf, Oma?«

»Ein großer Hund, der die Kinder frißt.«

Norbert Fürchtegott Mainka wich seitdem den Hunden aus.

Schneewittchen: »Es war einmal eine Prinzessin...«

»Was ist eine Prinzessin, Oma?«

»Die Tochter eines Königs. Ein König ist unendlich reich. Alles, alles gehört ihm. Seine Tochter ist eine Prinzessin in schönen Kleidern, sie wohnen in einem Schloß.« Dann: »Eines Tages starb die Königin, und die Prinzessin bekam eine Stiefmutter.«

»Was ist eine Stiefmutter?«

»Wenn die Mutter stirbt, weil sie krank wird oder aus Gram über den Ungehorsam ihres Kindes, dann bekommt das Kind eine Stiefmutter. Eine Stiefmutter ist eine böse Frau. Sie quält das Kind, und manchmal schlachtet sie es auch, und sie schlägt es fürchterlich oder verkauft es an den Teufel. Du mußt deiner Mutti immer gehorchen und alles machen, was sie sagt, sonst bekommst du eine Stiefmutter. Und du mußt immer Gott auf Knien danken, daß du eine so gute Mutter hast, sonst holt er sie in den Himmel, und du bekommst so eine böse Stiefmutter.«

Ein andermal erzählte sie von Hänsel und Gretel: »Es waren einmal zwei Eltern, die hatten zwei Kinder mit Namen Hänsel und Gretel. Und als sie ihre Kinder nicht mehr haben wollten, weil sie ihnen nicht gehorchten, brachten sie diese in den finsteren Wald und ließen sie dort allein. Als die Kinder an ein Haus aus lauter Pfefferkuchen und guten Sachen kamen, wohnte dort eine böse Hexe.«

»Was ist eine Bösehexe?«

»Eine böse Hexe ist eine alte Frau, die Kinder frißt. Sie schiebt sie in einen Ofen, dort werden sie gebraten, und dann frißt sie diese auf. Man erkennt eine Hexe an ihrem Buckel und an der krummen Nase.«

Wie heiß ein Ofen ist, das wußte Norbert Fürchtegott, denn er hatte sich oft genug verbrannt.

Er erkannte nun die Hexen auf der Straße am Buckel und der langen Nase und ging ihnen aus dem Weg. Allein in der Jäschkestraße sah er mehr als fünf.

»Du kannst dem lieben Gott auf Knien danken, daß du so gute Eltern hast. Du darfst sie niemals ärgern und mußt immer machen, was sie dir sagen, sonst...«

Gott auf Knien danken, das kannte er auch. Denn Oma Dziuba brachte ihm frühzeitig das Beten auf Knien bei.

Gott kannte er auch, denn sie erklärte ihm bald, wer Gott ist.

»Das Christkind ist Gott. Je mehr du betest, um so mehr beschützt er uns alle: Vater unser, der du bist...«

»Was ist Vatärrunserderdubbbis?«

»Das heißt bloß so, jetzt bete weiter: Im Himmel und auf Erden...«

»Warum auf Pferden, Oma?«

»Wenn du so viel fragst, wird Gott böse.«

Dann fragte er nicht mehr, damit Gott nicht böse wurde.

Er mußte sich auf den Boden knien, bevor er schlafen ging, und dann sprach sie ihm vor: »...du bist gebenedeit unter den Weibern---«

»...du bist gendereidet unter Leibern---«

Seine Knie schmerzten, weil die Gebete so lang waren.

»Du mußt jetzt bald lernen, allein zu beten, die Oma hat nicht immer Zeit dafür. Los, bete jetzt: Ich danke dir, lieber Gott, daß du mir so gute Eltern gegeben hast, und halte sie recht lange am Leben. Mach sie gesund und mach, daß wir alle, auch der Papa, die Mutti und die Oma, in den Himmel kommen, Amen.«

Untereinander sprachen die alten Dziubas, aber auch Else und Hannek Polnisch; aber mit Norbert redeten sie Deutsch.

»Das Kind darf erst gar nicht Polnisch lernen, daß ihr mir darauf achtet. Es bekommt eine rein deutsche Erziehung. Wer Poler sein will, soll über die Grenze gehen«, hatte Rudolf Mainka den Frauen eingeschärft.

Sie hatten keinen Namen gefunden, mit welchem sie ihn rufen konnten. Oma Mainka sagte manchmal ›Nobko‹ oder ›Nobitschku‹ zu ihm, was Rudolf aber nicht gerne hörte.

»Er heißt NORBERT, Mama, merk dir das doch mal! Das ist ein deutscher Name, wir sind keine Poler.«

Es war die Zeit, als die ersten SA-Horden durch die Straßen zogen und das Horst-Wessel-Lied grölten.

Dadurch, daß man mit ihm eine andere Sprache sprach, als sie untereinander redeten, entstand in Norbert Fürchtegott das Gefühl, nicht zu ihnen zu gehören. Und das machte ihn zu einem Fremden auf Lebenszeit.

Manchmal fiel Norbert beim Spielen hin, denn er rannte sehr gern und meinte, dabei so schnell zu rennen, daß alles an ihm nur so vorbeirauschte, wie ein Traum, wie in Trance. Dann schloß er die Augen und rannte barfuß durch den Staub, den der Wind an die Wegränder geweht hatte, denn der Staub war weich. Dabei stürzte er zuweilen und schlug sich die Knie blutig; die Wege waren voll Schlacke aus den Hochöfen. Spitze Steine, die sich ins Knie bohrten.

Er humpelte nach Hause und hielt seiner Mutter weinend das Knie hin.

Dann schlug Else mit der Hand auf die Wunde und brüllte: »Was hab' ich dir gesagt? Was hat die Mutti gesagt? Sie hat gesagt, du sollst nicht hinfallen – hast du das nicht verstanden? Ich werde dir beibringen zu gehorchen.«

Schlug noch einmal zu, ließ ihn warten, bis er vor Erschöpfung aufhörte zu heulen, und wickelte dann einen sauberen Lappen um das Knie. Mullbinde hatten sie nicht im Haus. Pflaster erst recht nicht. Der Lappen klebte dann fest und mußte später abgerissen werden, wobei die Wunde wieder blutete.

Wenn Oma Dziuba das Kind zuviel wurde oder sie etwas zu erledigen hatte, brachte sie es in den Garten und ließ den Hrdlak kommen. Damit er nicht unnütz herumsaß, gab sie ihm genügend Gartenarbeit.

»Hier, jäten Sie das Beet und machen alles schön sauber. Ich kann Ihn' nicht so viel dafür geben, wie ich Ihn' sonst gebe, weil sonst kommt mich ja das Gemüse teurer, als wie auf dem Markt gekauft. Ich lasse das Kind von meiner Tochter hier, daß Sie bissel aufpassen möchten. Und geben Sie acht, daß er mir keine Blum' zertretet oder sich was macht!«

Die Zeit mit Hrdlak war für Norbert Fürchtegott Magie. Nur dieses eine Mal im Leben sollte er dieser Magie begegnen. Doch er sollte sich auf immer daran erinnern und dann wenigstens wissen, daß es hinter der verfluchten Welt, die er kannte, noch etwas anderes gab.

Hrdlak schnitzte ihm ein Pferd aus Holz.

Ein Stück Holz mit vier Stöcken, die waren die Beine. Ein klobiger Kopf und die Haare und der Schwanz aus Hanf, aufgedrehte Bindfäden.

Hrdlak ließ das Pferd durch das Gras galoppieren, ließ es fressen und über die Beete springen – und es sprang wirklich. Das Pferd wurde zu einem lebendigen Pferd, und der Garten war die Welt.

Norbert Fürchtegott trug das Pferd immer bei sich,

hielt es umklammert und nahm es auch mit zum Schlafen.

Wenn Norbert müde war und Hrdlak seine Arbeit erledigen mußte, legte dieser Dziubas alte Decke hinter die Laube. Norbert lag dann dort auf der Decke, und Hrdlak zeigte ihm in der Luft die Wolken und die Vögel, und nicht lange, da wurde der Junge hinaufgezogen und flog mit den Wolken, mitten unter den Vögeln, mit einem Gefühl hinten im Kopf, wie er es später nie wieder erfahren sollte. Von oben aus den Lüften konnte er Hrdlak sehen, wie er im Garten über die Beete gebeugt arbeitete, und sich selbst, wie er auf einer Decke hinter der Laube lag.

Manchmal kam ein alter Mann mit einem Krückstock vorbei, unendlich kühn wie ein alter Erzengel. Der legte seine Arme auf den Zaun und sah Hrdlak zu. Er rauchte Mahorka aus einer Pfeife und nickte.

»Ja, ja, Hrdlak. So ist das.«

Und Norbert erlebte den alten Mann – es war Dziubas Vater; einst hatte er bei den Ulanen gedient und war aus dem Franzosenkrieg mit einem zerschossenen Bein zurückgekommen –, er erlebte den Alten als einen, der durch die Luft geflogen kam und schwer wie Gott im Garten landete. Oder auch neben ihm dort oben schwebte und ihm zunickte.

Auf einer Wolke aus Mahorkarauch.

Und die ganze Zeit sprachen weder Hrdlak noch der alte Erzengel jemals ein Wort mit ihm. Wenn Norbert Fürchtegott Jahrzehnte später daran zurückdachte, wußte er nicht mehr sicher, ob sie wirklich gewesen waren und ob all dieses auf dieser elenden Welt so geschehen war. Aber er hätte schwören können, daß er damals fliegen konnte.

Als Else das Holzpferd entdeckte, fragte sie ihre Mutter, woher es käme. Als diese erklärte, das müsse der Junge von Hrdlak haben, sagte Else: »Laß mir das Kind nicht bei dem Dummen, hörst du! Wer weiß, von wo der kommt, vielleicht ist er ein Poler oder, noch schlimmer, ein Russe. Vielleicht hat er auch eine ansteckende Krankheit, wer weiß. Und das Pferd kommt mir weg. So einen Mist braucht unser Kind nicht. Und wer mit Dummen zusammen ist, wird selber dumm.«

Sie versuchte, ihm das Pferd wegzunehmen, aber Norbert Fürchtegott hielt es fest umklammert und fing an zu heulen. Als das nichts half, begann er sogar zu schreien, was er sonst nie tat, weil er wußte, wenn er schrie, dann schlug sie ihn so lange, bis er aufhörte. Jetzt nahm er es in Kauf und schrie schrill und laut, bis sie ihm das Pferd ließ.

»Laß ihm das noch, wenn er schläft, kannst du...«

Das hatte Oma Dziuba polnisch gesagt, doch diesmal verstand er es, als hätte er einen siebten Sinn. Von da an verbarg er das Pferd immer unter der Treppe unten im Keller, bevor er schlafen ging. Und vergaß morgens nie, es noch vor dem Frühstück wieder hervorzuholen.

Jeden Sonntag lud Else ihre Freundin Luzie und Dieter mit dem Kind zu sich ein. Sie machte etwas zu essen, und am Nachmittag gingen sie mit den Kindern im Park spazieren. Die Männer stolzierten hinter ihnen her und führten wichtige Männergespräche.

»Ich werd' dir zu einem Laden verhelfen, Adamczyk, und wenn ich meine Autos verkaufen müßte. Freunde müssen zueinander halten, du würdest für mich dasselbe tun, ich weiß das.«

Und in der Tat, er verschaffte Dieter Adamczyk einen Laden, borgte ihm die ersten zwei Mieten, fuhr ihm umsonst eine Ladeneinrichtung, die sie aus einer Konkursmasse billig bekamen, in den neuen Laden.

Es dauerte also nicht lange, da stand »Adamczyks Frisiersalon für Damen und Herren« in aller Pracht und Größe den Kunden zur Verfügung.

Zwei Angestellte.

»Ich mach' dir eine schöne Künstlerfrisur, Hannek, daß dir die Mädels bloß so hinterherlaufen, paß auf. Laß erstmal wachsen, bis ich dir sage, du sollst komm'!«

Rudolf Mainka hatte etwas schütteres Haar, das vorne schon sehr licht geworden war.

»Das macht nichts, Hannek, da sieht die Stirn hübsch hoch aus. Wer eine hohe Stirn hat, ist ein guter Denker.«

»Das bin ich, mein Lieber, das bin ich, denn sonst hätte ich es nicht so weit gebracht. Jetzt hab' ich das Geschäft erst vier Jahre, und schon hab' ich zwei Lieferwagen laufen, einen Fahrer fest eingestellt, und bald nehm' ich eine Buchhaltung ins Geschäft, es geht bergauf wie die Feuerwehr. Und ich wer' dir was sagen, unter uns, die Frauen dürfen das nicht wissen, das soll eine Überraschung werden: Ich kauf' mir demnächst einen Personenwagen. Für den eigenen Privatgebrauch! Dann geht es aber ab, Adamczyk! Da laden wir unsere Frauen ein und fahren in die Umgebung, und alle wer'n von uns reden, du wirst es sehen. Wir führen ein Leben wie der Baron von Pless.«

»Was du nicht sagst, Mainka! Und hinten mach' ich dir eine leichte Dauerwelle, nicht zu viel, vielleicht kannst du dir später einen Schnurrbart wachsen lassen – die wer'n dich alle nicht wiedererkennen, mein Lieber. Dieter Adamczyk, der Friseur für die feine Gesellschaft. Und deiner Frau leg ich jeden Tag die Haare. Kostet euch nichts, eine Hand wäscht die andere.«

Dieter Adamczyk soff nicht. Er trank nur aus feierlichen Anlässen. An den Sonntagen, wenn sie zusammen waren, trank er freilich mit, doch nie allzuviel.

»Dein Mann weiß immer, wann er aufhören muß, Luzie. Und er weiß immer, was er tut. Der Rudolf weiß ja dann nichts mehr, wenn er betrunken ist.«

Sie sagte jetzt nicht mehr ›besoffen‹. Sie wurde auch mehr und mehr eine Dame, kleidete sich nach der Mode und wollte ein Dienstmädchen anstellen. Was da aber noch nicht ging.

»Wenn wir eine größere Wohnung nehmen, dann kommt ein Dienstmädel und eine Köchin ins Haus, das versprech' ich dir.«

So Rudolf Mainka.

»Und wenn das Kind nicht richtig lernt, bekommt es einen strengen Hauslehrer. Da laß ich einen Professor kommen, für mein Kind ist mir nichts zu teuer. Eine rein deutsche Erziehung, und wenn ich es in eine Anstalt geben muß. Oder wie heißt das?«

»Internat«, sagte Dieter Adamczyk.

Als er dann das Auto kaufte – einen gebrauchten Hansa mit fünftausend Kilometern auf dem Tacho, doch innen wie neu – sagte Else begeistert: »Na endlich, Hannek, könn' wir den Leuten zeigen, wer wir sind«, und schenkte ihm zur Einweihung eine Blumenvase aus echtem Kristallglas, die vorn ans Armaturenbrett geklebt wurde.

»Ich wer' dafür sorgen, daß immer frische Blumen in die Vase kommen. Hannek, wir wer'n den Leuten noch zeigen, wer wir sind!«

In dieser Zeit hörte Rudolf Mainka damit auf, auf die Dörfer zu fahren und dort die Mädels zu beglücken. Der Victor lag sowieso im Krankenhaus, und Rudolf Mainka sagte: »Der macht es nicht mehr lange, er hat es an der Lunge. Wie sein Vater schon. Wenn ein Vater nicht gesund ist, hat das Kind keine Zukunft. Der Vater muß gesund sein, dann ist auch das Kind gesund.«

Rudolf hatte sich jetzt seine »Kundinnen« in der Nähe zugelegt, sich einen festen Stamm geschaffen, meistens Grubenwitwen, denn das wurden sie in dieser Gegend meistens schon um die Dreißig. Bei einer größeren Grubenexplosion unter Tage starben immer so zwanzig, dreißig Männer, und das ergab zwanzig bis dreißig junge Witwen.

Manchmal ging er auch noch zur Dziurka, aber am besten waren die Witwen, weil die Frauen um die Dreißig erst so richtig aufblühten, was das anging. Und weil sie so dankbar waren, wenn sie von einem ein wenig Liebe erfuhren. Oder das, was Hannek dafür hielt.

Als dann der Victor an Schwindsucht starb, hatten alle schon damit gerechnet, und einmal hatte Hannek im Suff scherzweise gesagt: »Wenn es sein sollte, dann geh du vor, Victor, und halte mir dort im Himmel ein Mädel warm.«

Manchmal fuhren Hannek und Else an den Wochenenden mit Dieter und Luzie in ihrem neuen Hansa in die Umgebung zum Picknick. Die Leute sollten das Auto sehen, und wie gut es ihnen ging. Rudolf Mainka verachtete Arbeiter über alles, denn nur wer nichts im Kopf hatte, mußte arbeiten, glaubte er.

An so einem Sonntagnachmittag fuhren sie einmal in die Gegend von Tost. Sie hatten Knoblauchwurst, Soleier und gutes Brot dabei, dazu Ölsardinen und Gurken im Glas, sogar eingemachten Kürbis, süßsauer. Und Bier und Schnaps natürlich.

»Das wird ein Fest«, rief Luzie.

Und ab ging die Post.

Später, als sie ausgiebig gegessen und auch ein wenig getrunken hatten, sagte Dieter Adamczyk leichthin: »Wir machen uns ein zweites Kind! Was ist, wollt ihr nicht mitmachen, chopce? Na los, Kameraden, raus aus die Gamaschen und rauf auf die Pferde!«

Er zog Luzie ins nahe Gehölz, und dort hörte man sie sofort kichern. »Du wilder Teufel, warte! Warte doch mal, zerreiß mir nicht mein' letzten Schlüpfer!«

Die Kinder hatten sie zu Hause gelassen. Norbert Fürchtegott war wie immer bei den Großeltern Dziuba, und Luzies Junge war bei Dieters Schwester.

Hannek wollte Else gleichfalls ins Gebüsch ziehen, doch diese entzog sich seinem Griff.

»Hier nicht, Hannek, bitte nicht hier, ich bitte dich drum, wenn uns einer sieht! Und die Luzie braucht das auch nicht wissen.«

Das verärgerte ihn maßlos. Er sprach auf der Rückfahrt kein Wort. Zu Hause tobte er. Sie heulte, und er brüllte: »Mit mir nicht! Mit mir machst du das nicht, *ich* bin der Mann, *ich* bin der Herr im Haus, und ich bestimme immer noch, was gemacht wird. Morgen lass' ich mich scheiden, damit du's weißt. Eine Frau hat auch ihre Pflichten in der Ehe. Wie komm' ich mir denn vor den Leuten vor.« Knallte die Tür hinter sich zu und ging zu Fuß zur Dziurka. Wobei es ihm an diesem Tag egal war, ob er gesehen wurde oder nicht. Eher ging er so, daß er gesehen werden *mußte*.

Bei der Dziurka stieß er laut die Haustür auf, machte sogar das Licht im Hausflur an. Jeder sollte ihn sehen, und jeder sollte wissen, daß seine Frau nicht mehr seine Frau war. Er hatte sich im Vorbeigehen beim Budiker, der auch Sonntagabend noch offen hatte, eine Flasche Schnaps geholt und schon unterwegs zu trinken angefangen. Für die Dziurka eine Tafel Schokolade, eine kleine Bonbonniere und eine Flasche Kirschlikör – ab jetzt konnte er noch großzügiger sein, denn als geschiedener Mann würde er nicht mehr so viele Klötze am Bein haben. Das Kind würde sie behalten können.

Die Dziurka empfing Hannek gleichsam mit offenen Armen und Beinen – das hatte er zu Hause nicht.

»Hannek, Hannek, was haben sie wieder mit dir gemacht? Komm zu deiner Dziurka, hier bist du immer zu Haus, mein armer, kleiner Hanetschku!«

So holte Rudolf Mainka sich an diesem Abend bei der Dziurka, was er zu Hause nicht bekam. Und den Tripper, der ihn in den nächsten Wochen Tag und Nacht beschäftigen sollte.

Wenn Norbert Fürchtegott sonntags bei den Dziubas abgeliefert wurde, verbrachte er den Tag meist mit seinem Großvater. Sobald Frau Dziuba morgens in die Kirche ging, brachte sie das Kind in den Garten, wo der Alte schon ab acht Uhr vor der Laube saß und rauchte.

»Hier, paß auf den Jungen auf, daß du auch mal zu was nütze bist. Und daß er mir die Blumen nicht zertretet!«

Einmal war der Bunzlauer im Nachbargarten, und der alte Dziuba sagte: »Da wird so ein armer Pierron geboren, keiner fragt ihn, ob er will. Und dann muß der arme Hund sich achtzig Jahre quälen. Muß vielleicht in den Krieg, oder er wird die Schwindsucht bekommen, oder der Staat wird ihn ruinieren, und du mußt zugukken und kannst nichts machen. Bunzlauer, was ist das für eine Welt! Am besten, man würde gar nicht erst geboren werden, wenn man sich das so ansieht und überlegt.«

Der Bunzlauer nickte und schaute auf die Halde.

Norbert Fürchtegott aber verstand das Gesagte auf eine merkwürdig unerklärliche Weise, obwohl sie Polnisch sprachen, und ein eiskalter Schauer lief ihm über den ganzen Leib, als ob er über einem unendlich tiefen Abgrund stünde und gleich darauf hinabstürzen würde.

Als hätte er das gewußt, hielt ihn da der alte Dziuba mit seiner großen Hand fest, so daß der Sturz nicht erfolgte.

Noch nicht in dieser Sekunde.

Rudolf Mainka ging in dieser Nacht nicht nach Hause, sondern schlief bei der Dziurka. Am nächsten Morgen um neun ging er zum Sedlaczek, denn da machte er auf, und bestellte sich ein Schultheissbier.

»Oder gib mir ein Tichauer. Ich hau' jetzt auf die Pauke, und dann geh' ich zum Anwalt und lass' mich scheiden.«

Tichauer kostete mehr als Schultheiss. Das leisteten sich auch nicht alle jeden Tag. Er aß Soleier dazu, im ganzen zwanzig Stück, und schaute den Sedlaczek dabei an wie ein Sieger nach einer gewonnenen Schlacht.

Auf diese Weise brachte er den Vormittag hinter sich. Erst am Nachmittag ging er nach Hause. Den Rechtsanwalt und die Scheidung hatte er da schon wieder vergessen; er hatte zwölf Flaschen Bier getrunken.

Am dritten Tag nach jener Nacht fing es in seiner Hose zu schmerzen an. Auch zu tropfen. Rudolf lief unruhig und verstört zu Dieter Adamczyk.

»Kannst du mal mit nach hinten kommen, Adamczyk, ich muß privat etwas mit dir besprechen.«

Kaum hatte er Dieter die Symptome beschrieben, lachte dieser nur: »Mensch, Mainka, da brauchst du dir keine grauen Haare wachsen lassen, das haben jetzt alle Kavaliere, das kommt von Berlin runter und heißt Tripper. Eine Künstlerkrankheit, da gibt es gute Mittel, ich gebe dir die Adresse von so einem Arzt, wo keiner was erfährt. Mensch, Hannek, das hatte ich selber schon dreimal und die Luzie auch schon mal. Da drauf scheißt sogar die Gesellschaft, ich habe Kunden aus allen Kreisen – nicht mehr wie ein Mückenstich.«

Dieter kramte in einer Schublade und holte etwas hervor. »Ein Tripper ist gar nichts«, fuhr er dann fort. »Aber paß bloß auf, Hannek, daß du nicht die Siff bekommst, die kann man nicht heilen. Die Syphilitiker erkennst du sofort, weil sie eine eingefallene Nase haben. Sie faulen so langsam von unten rauf weg. Du kannst mich immer fragen, wenn du was wissen willst. Ein Friseur weiß mehr wie ein Arzt, er verkauft doch die ganzen Artikel für die Kavaliere. Hier, ich geb' dir Pariser mit. Und da hast du ein' eleganten Taschenspiegel, machst du hinten auf, steckst dir den Überzieher unauffällig auf den Pullock, die Mädels merken nichts davon. Mensch, du brauchst doch bloß Dieter fragen, wenn mal was ist. Und das schützt nicht nur vor Siff, schützt auch vor Vaterschaft. Was denkst du, wie viele ich davon verkauf'? Zentner, Hannek, Zentner, ich leb' bald mehr von dem als vom Haareschneiden.«

Von da an wußte Rudolf Mainka wieder Bescheid, und er erwachte gleichsam neu zum Leben. Ja, er fühlte sich jetzt fast geadelt, denn als er ging, klopfte ihm der Dieter noch einmal aufmunternd und anerkennend auf die Schulter und sagte: »Hannek, wer nicht wenigstens einmal den Tripper gehabt hat, ist kein Mann.«

Als Norbert Fürchtegott drei Jahre alt war, brachte Hannek eines Tages eine Lederpeitsche mit – Norbert Fürchtegott sollte sie auch nach dreihundert Jahren noch genau beschreiben können: helle Lederstreifen, geflochten, mit einem harten Griff und einer Schlaufe.

»Nur, damit er sie immer vor Augen hat«, sagte Rudolf. »Geschlagen wird nicht. Wenn es nicht nötig ist.«

Einmal wurde es dann doch nötig, weil Norbert Fürchtegott sich weigerte, die dicke Schicht auf der gekochten Milch zu trinken.

»Du trinkst die Milch, ich sage dir das in aller Ruhe, und wenn dein Vater sagt, du trinkst die Milch, trinkst du die Milch. Und wenn dein Vater sagen würde, du frißt die Scheiße, dann frißt du die Scheiße.«

Norbert trank die Milch nicht.

Peitsche in Anschlag.

»Weißt du, was ein Vater ist? Weißt du das? Ich habe dich was gefragt.«

»Nein.«

»Hast du nein gesagt? Hast-du-nein gesagt?«

Erster Schlag.

Wie eine Eingebung des Himmels, wie von einem Blitz erleuchtet, begriff Norbert Mainka in diesem Augenblick, was den Menschen ausmacht.

Die Schläge kamen immer schneller, und er trank die Milch nicht. Etwas, worauf er zeit seines Lebens stolz sein sollte, was er nie vergessen würde.

Die Else beschwor Hannek, doch endlich aufzuhören, aber er schlug weiter, bis ihn der Arm schmerzte. Dann nahm er den Hut, knallte die Tür zu und ging sich besaufen.

»Und wenn ich ihn totschlage, er muß begreifen, was ein Vater ist«, schrie er noch im Hausflur.

Und Norbert Fürchtegott Mainka hatte für immer begriffen, was ein Vater ist.

Von da an wurde Norbert nicht mehr so oft zu den Großeltern gebracht; Rudolf hatte darauf bestanden, daß er zu Hause blieb. »Kinder brauchen eine strenge Hand«, hatte er gesagt.

»Mama«, sagte sie zu ihrer Mutter, »du bist viel zu gut. So wie du auch immer zu gut zu uns allen warst.«

In dieser Zeit wurde die Uhr eingestellt, nach der Norbert Fürchtegotts Leben ablaufen sollte. Es würde schwer sein, sie umzustellen.

In diesen Jahren hat sich ihm das Gesicht seiner Mutter eingeprägt, und er würde es nicht löschen können, sein Leben lang. Da war jenes mit dem grenzenlosen Haß, wenn sie ihn schlug, und das andere, verklärt wie jene auf den Heiligenbildern, die über den Betten im Schlafzimmer hingen, das er an ihr sah, wenn Onkel Dieter – so mußte er ihn nennen – in der Nähe war.

Vielleicht wird er einmal wissen, daß es kein Haß war. Daß es die Not war und daß sie nur nicht wußte, was sie tat. Denn sie maß den Schmerz an ihrer Hand und nicht auf seinem Kopf. Und sie lebte doch nach den Geboten Gottes, und da kommt das Schlagen eines Kindes nicht vor. Nur die Eltern müssen geehrt werden. Nicht die Kinder.

Else konnte nicht unterscheiden zwischen richtig und falsch. Hätte es ihr einer gesagt, sie hätte anders gehandelt. Nur wird Norbert drei Jahrzehnte brauchen, um das zu begreifen.

Vor Weihnachten erklärten sie ihm das Christkind: »Als der liebe Gott noch klein war, war er das Christkind. Er kam auf die Erde, und zu Weihnachten dürfen sich die Kinder, die den Eltern immer brav gehorchen, etwas wünschen.«

Er wünschte sich einen Farbkasten mit SILBER, GOLD und ROSA. Keiner könnte erklären, wie er darauf kam, denn er kannte weder die Farben, noch wußte er etwas über GOLD. Oder SILBER.

»Was das Kind für ausgefallene Wünsche hat! Von wo er das bloß her hat! Und schmeiß endlich das kaputte Pferd weg, das Christkind bringt dir ein besseres.«

Als Weihnachten kam, war Rudolf Mainka bis in die Abendstunden einigermaßen nüchtern. Er trank nur mäßig und sang dazu:

»In der Heimat, in der Heimat,
da gibt's ein Wiedersehn.

Stihile Naaacht, Heiiiilige Nacht,
aaales schleeft, einsaaam waacht…«

Immer wieder plärrte er dieses »Stihiiile Nacht…«

Norbert Fürchtegott sollte zeitlebens den angetrunkenen Vater vor Augen haben, wenn er das Lied hörte. Wie er bereits lallte und wie ihm die Spucke aus dem Mund lief.

Die Großmutter kam schon um fünf, der Großvater erst viel später; er konnte Weihnachten nicht ertragen.

»Fest der Lüge«, nannte er es. »Erlösung? Ich kenne keinen, der je erlöst worden ist.«

Nachdem die alte Dziuba eingetroffen war, wurde gegessen, und zwar ganz langsam, um die Spannung für das Kind zu erhöhen.

»Das Christkind braucht viel Zeit, um die Geschenke auszubreiten. Kinder müssen lernen, geduldig zu sein.«

Dann wurde eine Glocke zum ersten Mal geläutet.

»Sie muß aber dreimal läuten, dann dürfen wir erst ins Zimmer.«

Das dauerte eine Ewigkeit, Norbert konnte es kaum ertragen. Da zog ihn etwas zu dem GOLD, SILBER und ROSA, das hinter der Tür auf ihn wartete, das vom Himmel kommen sollte, weil es das Christkind brachte. Das war ein Geheimnis, das er nicht begriff, denn dieses Ziehen war das gleiche, das ihn hinaufzog in die Wolken, wenn er fliegen konnte, wenn er bei Hrdlak im Garten war. Als er sich den Farbkasten gewünscht hatte, wußte er wohl nicht, was er da tat, da war wohl ein anderer oder ein ANDERES neben ihm gewesen, das es ihm eingegeben hatte. GOLD, SILBER, ROSA.

Indessen ging Else betont langsam herum und verzögerte alles unendlich. Und sagte dazu noch: »Wenn du keine Geduld hast, macht das Christkind die Tür überhaupt nicht auf.«

Unglaublich langsam schloß sie die Tür auf und ging als erste hinein. Dabei hielt sie Norbert zurück: »Die Kinder zuletzt!«

Nach ihr die Oma.

»Jetzt erst der Papa!«

Als Norbert Fürchtegott schließlich eintreten durfte, stürzte er sich mit hochrotem Kopf und entnervt auf den Farbkasten unter dem Weihnachtsbaum. Mit zitternden Fingern wollte er ihn aufklappen.

»Gib ihn der Oma! Sie macht ihn dir auf.«

Ungeschickt versuchte Frau Dziuba mit ihren Gichthänden den Kasten zu öffnen, und es dauerte ewig, bis er endlich aufging. Die Mutter nahm ihn ihr aus der Hand, klappte ihn wieder zu und sagte: »Zuerst muß die Mutti sehn, ob das Christkind auch den richtigen gebracht hat. Und wenn du ungeduldig bist, wird er weggeschlossen. Also halte erst still! Setz dich da hin!«

Sie hielt den Deckel zu, und als sie ihn schließlich nach einer Ewigkeit, wie es Norbert Fürchtegott schien, aufmachte und ihn ihrem Sohn reichte, WAR DA KEIN GOLD UND KEIN SILBER, NICHT EINMAL ROSA.

Das gab ihm einen Stich ins Herz, und Tränen liefen ihm aus den Augen. Er hat den Kasten nie wieder angerührt. Und die Mutter schimpfte auf polnisch über das undankbare Kind.

»Da läuft man herum und läuft sich die Beine wund, und nichts ist gut genug für den Balg.«

Anschließend drückte ihm die Oma ein Pferd in die Hand; ein schönes Tier mit Fell und echten Roßhaaren. Hier fiel Norbert sein Holzpferd wieder ein; er lief hinaus und wollte es holen, er hatte es im Bett vergraben, doch da war es nicht mehr. Die Mutter hatte es verbrannt.

»Das Christkind hat es geholt und dir ein besseres gebracht. Also sei zufrieden, wie es sich gehört. Hier! Jetzt nimm es doch! Und bedank dich schön artig beim Christkind, sonst bringt es dir nie wieder was!«

Da begriff er das Christkind auf Ewigkeit.

In seinem dreiundvierzigsten Lebensjahr wird er auf einem fernen Markt bei einem arabischen Händler in einem Haufen von altem Kram einen Fetzen Stoff entdecken, gewebt aus GOLD, SILBER und ROSA. Er wird alles vergessen und schnell danach greifen, und wieder wird nicht er es sein, sondern ein ANDERER in ihm, der das tut, und er wird das Tuch wie in Trance um jeden Preis kaufen.

Er wird sich später nicht mehr erinnern, daß der Händler ihm dafür sein gesamtes Geld, das er bei sich hatte, abgenommen hat. Ein Fetzen aus einem Gewand, welches vor langer Zeit irgend jemand irgendwo getragen hatte, den er damals in einem fernen Leben kannte, oder der zu ihm gehörte oder der er selbst gewesen sein mochte. Vielleicht war es das Zeichen aus einem früheren Leben, das er gebraucht hätte, um das Leben auf Erden zu ertragen.

Aber es wird zu spät für ihn kommen, ihm werden nur noch zwei Jahre bleiben.

Er hätte es hier an diesem Heiligen Abend gebraucht, dann wäre seine Uhr vielleicht noch richtig gegangen.

Den Winter über blieb Norbert gewöhnlich bei den Eltern; im Sommer war er mehr bei den Großeltern.

War er bei den Eltern, dann saß er meist allein in einer Ecke im Hof und fürchtete sich. Davor, irgendwo hinaufzuklettern und dann herunterzufallen. Davor, hinzufallen und die Strümpfe zu zerreißen. Vor den Nächten, wenn der Vater besoffen nach Hause kam.

An manchen Tagen war der Vater aber auch besser gelaunt und nicht so betrunken. Dann brachte er oft, als hätte ihn heimlich Reue befallen, Schokolade mit im Überfluß, die Norbert auch gleich in sich hineinfraß, manchmal sogar, bis er kotzte.

»Mein Sohn soll ein Leben lang an seine schöne Kindheit denken«, sagte Hannek an solchen Tagen gern. »Es soll ihm an nichts fehlen bei uns.«

Rudolf Mainka kaufte in diesem Jahr einen weiteren Lastwagen und konnte nun auch Transporte für längere Strecken übernehmen. Er fuhr nicht mehr selbst, er hatte jetzt drei Fahrer angestellt, hatte ein Büro gemietet, in welchem er eine Buchhalterin beschäftigte, und sah sich nach einer größeren Wohnung um.

Um diese Zeit sagte jemand in der Kneipe zu Rudolf Mainka: »Kauf nicht zu viel Autos, Mainka, warte noch zwei Jahre, dann wer'n sie die Juden enteignen, und dann bekommen wir alles umsonst. Hast du mal das Buch von Adolf Hitler gelesen? MEIN KAMPF. Da weißt du Bescheid. Für uns Deutsche kommen ganz große Zeiten.«

Seit er es zu etwas gebracht hatte, ging Rudolf Mainka gern auf die Bank, wo er sich lange aufhielt, damit auch jeder sah, daß er Bankkunde war.

Er nannte sie *meine* Bank. »Heute muß ich zu *meiner* Bank.« Man erklärte ihm, was ein Wechsel ist, wie man einen Scheck ausstellte und was eine Unterschrift galt. Als der Bankdirektor, ein Breslauer, sich einmal im Kaffeehaus Kochmann an seinen Tisch setzte, sagte Rudolf abends zu seiner Frau: »Jetzt haben wir es geschafft. Der Direktor von der Bank hat sich heut' zu mir gesetzt; es wird nicht lange dauern, dann sind wir per du. Ich bin bei der Bank der angesehenste Kunde, das sag' ich dir. Mir geben die jeden Kredit.«

Sie kannte das Wort nicht, doch sagte sie es nicht, damit er sie nicht für dumm hielt.

Hannek kaufte sich jetzt zwei, drei goldene Ringe, eine Krawattennadel, eine Uhr mit Klappdeckel, alles 585er Gold, und seine Frau kaufte bei Pajonk ein, dem Modegeschäft der besseren Leute in Chlodnitze.

Doch auch ohne daß er sich mit dem Bankdirektor duzte – inzwischen hatte Rudolf Mainka seine Meinung geändert und sagte zu seiner Frau: »Im Geschäft ist es immer besser, wenn man sich mit gewissen Leuten siezt. Da bleibt der Respekt bestehen. Sie könn' dich dann nicht so leicht um den Finger wickeln, man muß ja wissen, wer man ist. Wenn DICH jemand duzen sollte, sag mir sofort Bescheid, den stoß' ich aber zurecht, du. Die Mainkas darf nicht jeder duzen.« – also obwohl er sich mit dem Bankdirektor nicht duzte, machte der sich einmal persönlich die Mühe, sich mit ihm eine ganze Stunde in seinem Büro zusammenzusetzen und zu unterhalten. Er erklärte ihm das Aktiengeschäft.

»Sehen Sie, Herr Mainka, Sie kaufen heute eine Aktie – sagen wir für achthundert Mark. Und dann schlagen Sie die Zeitung auf und lesen darin im Börsenbericht, daß die Aktie steigt und steigt. Das bedeutet, daß Sie morgen vielleicht schon tausend Mark bekommen... falls Sie das Wertpapier dann schon wieder verkaufen wollen. Aber wenn Sie gute Nerven haben, dann verkaufen Sie *nicht* und warten noch ein bissel, dann bekommen Sie am Ende vielleicht sogar zweitausend für Ihre achthundert. Es ist schon vorgekommen, daß manche mit einer Aktie fünfhundert Prozent Gewinn gemacht haben! Was denken Sie, wie die Amerikaner Millionäre wurden? *Nur* mit Aktien, Herr Mainka.« Er zündete sich eine Zigarre an, bot Rudolf auch eine an. »Nehm' Sie sich gleich zwei, wenn sie Ihnen schmeckt, *die* bekomm' Sie hier in Chlodnitze nämlich nicht!« Und kippte seinen Stuhl nach hinten. »Sie brauchen sich die Zeitung nicht mal zu kaufen, die stehen unseren guten Kunden hier bei mir jederzeit zur Verfügung.« Er hatte eine Wirtschaftszeitung bei sich auf dem Tisch liegen. Die nahm er jetzt, beugte sich vor und zeigte mit dem Finger irgendwohin: »Nehmen Sie hier zum Beispiel einmal FORD. Wenn Sie Ford-Aktionär sind, sind Sie Miteigentümer der Fordwerke. *Miteigentümer*, Herr Mainka. Was haben Sie da in der Hand! *Mehr* Sicherheit gibt es nicht auf der Welt. Und Sie haben *Mitspracherecht*. Sie können dort hingehen und sagen: Von diesem Modell baut zweitausend Stück mehr!

Herr Mainka, sehen Sie sich hier mal so eine Aktie an! Das amtliche Siegel ist beglaubigt von allen Gerichten.

Was soll Ihnen *da* passieren, na? Herr Mainka, Sie sind jung, Sie haben es weit gebracht, warum wollen Sie nicht *noch* höher hinaus? Sehen Sie.«

Rudolf Mainka zog an der Zigarre, steckte die Daumen in die Knopflöcher des Jacketts und wippte auch mit dem Stuhl.

»Sie müssen nur gute Nerven haben, und das haben Sie. Wenn ich Sie so beobachte. Wieviel haben Sie auf Ihrem Konto? Herr Mihatsch, bringen Sie doch mal die Unterlagen Mainka, ja!«

Rudolf Mainka dampfte der Kopf.

Er zog die Unterlippe rechts zwischen die Zähne, was er immer tat, wenn er scharf überlegte.

»Nerven habe ich. Ich habe Nerven, Herr Direktor, was denken Sie, wie ich es sonst so weit gebracht hätte? Nur Nerven.«

»Na, sehen Sie! Dreitausend, Herr Mainka. Das ist ein hübsches Vermögen, und das Geld muß arbeiten. Arbeiten, arbeiten! Wer hat hier schon so viel Geld auf dem Konto? Wenn Sie wollen, würde ich mich für Sie bemühen. Sie sind einer meiner solventesten Kunden, Herr Mainka. Die Bank steht zu Ihrer Verfügung.«

Rudolf Mainka stellte den Stuhl wieder gerade und streifte die Zigarre in den Aschenbecher, den der Direktor ihm herüberschob. »Was denken Sie, wie schnell Sie zwanzig Mille haben? Und dann gehe ich mit Ihnen auf die Börse nach Berlin. Wenn Sie wollen, Paris, die ganze Welt steht Ihnen offen. Darf ich Ihnen einen Kognak anbieten?« Der Hannek hatte ein leeres Gefühl im Kopf, und nach dem dritten Kognak sagte der Bankdirektor: »Überschlafen Sie das erst einmal, sprechen Sie mit Ihrer Frau. Man soll nichts überstürzen. Nur muß man manchmal schnell handeln.« Er blätterte in der Zeitung. »Die ersten streichen das Geld ein.«

»Ich mach' das, Herr Sandmann. Ich mach' das. Was hab' ich schon zu verlieren? Nichts. Oder, was sagen Sie?«

»Wirklich nichts, Herr Mainka, bei Ihrer Tüchtigkeit. Ein Unternehmen wie das Ihre – Sie haben jederzeit jeden Kredit bei uns. Gehen Sie doch mal aufs Ganze! Sagen Sie sich: Wer wagt, gewinnt, und schon sind Sie der Sieger. Ich wäre sogar bereit, Ihnen einen Tausender draufzulegen. Als Bankkredit. Ohne Sicherheit. Das machen wir auch nicht bei jedem.

Für viertausend bekommen Sie ein Aktienpaket, Herr Mainka, das sich sehen lassen kann...«

So bekam Rudolf Mainka einen Kredit; die Aktien wurden als Sicherheit von der Bank einbehalten, und er sagte am Abend zu seiner Frau: »Bei meiner Bank bin ich angeschrieben, Mensch, da würdest du staunen. Ich habe jetzt sogar einen Kredit. Es wird nicht lange dauern, da gehen wir an die Börse. Meine Unterschrift ist heute schon Gold wert.«

Else, die weder wußte, was ein Kredit noch was eine Börse war, erzählte bei Pajonk, wie gut das Geschäft gehe und daß sie jetzt sogar einen Kredit hätten. Und bald an die Börse wollten.

Es dauerte etwa drei Monate, da waren die Aktien bei tausendfünfhundert. Alle zusammen. Der Direktor riet Hannek, jetzt abzustoßen. Insgesamt war der Kredit mit Zinsen und Bankgebühren auf tausendfünfhundertzwanzig gewachsen – soviel kostete damals etwa ein neues Auto – konnte mit dem Erlös aber abgedeckt werden: »Wir belasten Ihr Konto lediglich mit diesen zwanzig Mark minus – Herr Mainka. Aber glauben Sie mir, uns Banken geht es auch nicht besser. Eine vorübergehende Baisse – die konnte keiner voraussehen, es hätte genausogut umgekehrt sein können. Aber wenn Sie Nerven haben, dann warten Sie doch. Herr Mainka.« Das wollte Rudolf Mainka nicht.

Fast wäre sein Geschäft daran pleite gegangen.

Zu Hause erklärte er seiner Frau, daß er in eine Baisse gekommen sei, es hätte aber genausogut umgekehrt sein können.

Else konnte das Ausmaß der Katastrophe nicht ganz

erfassen, denn sie wußte auch nicht, was eine Baisse ist. Bei Pajonk erzählte sie, ihr Mann sei jetzt in eine »Bäse« gekommen.

In der Folge legte der Direktor dem Mainka schon einmal die Hand auf die Schulter, wenn er ihn traf, so wie man sie einem Freund, einem Schicksalsgenossen auf die Schulter legt.

»Ja ja, Herr Mainka, so geht es uns allen mit den Geldgeschäften. Denken Sie nicht, wir hätten es da leichter! Man steckt ja nicht drin. Keiner steckt drin, auch wir nicht.«

Manchmal vertraute Norbert seiner Mutter ein Geheimnis an. Einmal sagte er etwa: »Die Tante Hedel kann ich nicht leiden, und sie stinkt auch. Aber sag es ihr nicht!«

Else erzählte es sofort ihrer Schwester, und als sie das nächste Mal Norbert sah, nahm ihn die Hedel sich unverzüglich vor: »Wie kannst du nur hinter meinen Rücken schlecht über mich reden! Na warte, komm mir bloß noch mal an, du kleiner Pierron, und bitte mich, ich soll dir den Finger verbinden, weil du vor deiner Mutti Angst hast. Und erzähl mir noch mal, daß sie dich haut, du kleines falsches Aas und Verräter!« Da trat Norbert, weil er sich ›schuldig‹ wähnte, der kalte Schweiß auf die Stirn, und er konnte nicht mehr schlucken. »Verräter werden gekreuzigt, Verräter heißen Schächter...«

Sie sagte: »Schächter«. »Komm mal mit in die Kirche, dann wirst du sie sehen. Dort hängt Jesus am Kreuz, und daneben die zwei Schächter, die ihn verrieten. Juden.«

So haben sie ihn zum ›Verräter‹ gemacht und ihm Jesus erklärt.

Und kaum war die Tante Hedel aus der Tür, griff sich ihn die Mutter: »Wie kannst du Kanallie hinter meinem Rücken so lügen, ich würde dich hauen? Wo hast du das gelernt, hast du schon mal gesehen, daß deine Mutter lügt? Kannst du nicht antworten, wenn ich dich was frage? Hast du deine Mutter schon mal lügen gesehen? Antworte!!«

Schläge mit der Hand auf den Kopf, bis er wimmerte: »Nein.«

Und Norbert Fürchtegott begriff auf diese Weise immer mehr das ›Leben‹, das sie ihm geschenkt hatten. Und wofür er ihnen zu danken hatte.

Es gab allerdings auch Tage, an denen Else wie ausgewechselt war und ihr Kind verwöhnte. Sie kaufte Kuchen, kochte für sich Bohnenkaffee und für den Jungen Malzkaffee, denn Kakao trank Norbert nicht. Wegen der Haut, die immer oben auf der Milch schwamm.

Dann erzählte er ihr von sich: »Ich kann fliegen. Ich kann wirklich, wahrhaftig fliegen. Einmal, im Garten, da...«

»Redest du schon wieder so einen Mist, du Kerl? Rede bloß so weiter, daß gleich alle merken, wer dein Vater ist, du gehst doch ganz nach den Mainkas. Oder hast du schon mal gehört, daß deine Mutti so redet?«

Als er gleich sagte: »Nein«, ließ sie es ihm durchgehen. So einen Nachmittag mit Kaffee und Kuchen wollte sie sich nicht durch den Ärger mit dem Balg verderben.

Ungefähr um diese Zeit traten Dieter Adamczyk und Rudolf Mainka in die Partei ein. Parteigenossen bekamen eine fortlaufende Nummer, und je niedriger die Nummer war, um so mehr sollten sie bedacht werden, hatte man ihnen gesagt, wenn das Judenkapital aufgeteilt würde. Sie hatten die Nummern 3112 und 3113.

Folgende Weihnachten kaufte Rudolf Mainka für seinen Sohn einen schweren Tretroller und ein paar Rollschuhe. Er besuchte tagsüber Geschäftsfreunde, und bei jedem trank er einen Schnaps auf die gute Zusammenarbeit, und es war noch nicht vier Uhr nachmittags, da war er bereits voll wie ein Feuerwehreimer.

Den Christbaum hatte er schon zwei Wochen zuvor geschmückt, die Geschenke sollte ein Bote gut verpackt Punkt acht vor die Türe legen, dreimal läuten und dann verschwinden. Das Erkennungszeichen des Christkindes.

Rudolf kam so gegen halb fünf mit lautem Gesang die Straße herunter, und Else schämte sich vor den Leuten zu Tode. Sie zog ihn zur Tür herein, und zum vielleicht erstenmal in ihrer Ehe wagte sie es, ihn zu beschimpfen: »Du elender Säufer, mußt du das denn dem Kind antun? Kannst du nicht mal an Weihnachten nüchtern bleiben? Man schämt sich ja vor der ganzen Welt, was der Junge für einen Vater hat.«

Als sie das gesagt hatte, erschrak sie vor sich selbst. Sie fürchtete seinen Zorn, aber Hannek war zu besoffen, als daß er ihr gezeigt hätte, was es hieß, einen Rudolf Mainka zu beleidigen. Unter anderen Umständen hätte er sie sicher grün und blau geschlagen, aber so ließ er sich von Else ins Schlafzimmer schleifen, wo er auf dem Boden liegen blieb. Dann ging Else in die Küche und setzte sich zu Norbert an den Tisch. Ihr war zum Heulen zumute.

»Auf mich brauchtest du keine Rücksicht zu nehmen, auf mich hast du ja noch nie Rücksicht genommen. Ich bin bloß dein Dienstmädchen, den Dreck nach dir wegwischen. Ich bin ja bloß eine Frau. Was ist für dich schon eine Frau? Und die eigene ist schon gar nichts wert, sie kost' ja nichts. Aber das Kind! Auf das Kind könntest du wenigstens Rücksicht nehmen. Was hat es jetzt für ein Weihnachtsfest, was soll es für ein Bild von seinem Vater mitnehmen in das Leben? Guwno hat es, aber nicht Weihnachten. Wenn es die Mutter nicht hätte, würde es verkommen wie du. Gerade Weihnachten ist das schönste Familienfest für so ein Kind, und du besäufst dich wie ein Schwein.«

Sie schimpfte auf deutsch, sollte der Junge sie ruhig verstehen, und die ganze Zeit über stand die Tür zum Schlafzimmer offen, wo der Vater auf dem Boden lag und lallte, bis er schließlich einschlief und schnarchte.

Die Else aber schimpfte weiter, jetzt mehr an Norbert Fürchtegott gewandt: »Wenn du deine Mutter nicht hättest, müßtest du verkommen, ihr müßtet beide verkommen, bei so einem verfluchten Pierron von Säufer. Guck ihn dir an, merk dir das mal fürs ganze Leben! Na, hoffentlich wirst du nicht auch wie er. Aber die Söhne gehen ja meistens doch nach dem Vater.«

Das Essen fand ohne Hannek statt. Dieses Jahr war der alte Dziuba schon früher gekommen und hatte seinen Vater, den kühnen Ulanen mitgebracht, der dasaß, die Mütze nicht abnahm, seine Pfeife schmauchte und sehr viel aß. Er lebte allein irgendwo draußen und hatte keinen Umgang mit den Leuten.

Else würgte an ihren Tränen. Schließlich läutete der Bote dreimal. Das Christkind war gekommen.

Norbert Fürchtegott hatte sich ein Holzschwert gewünscht, und siehe da – keiner wußte, wie es geschah –, unter dem Weihnachtsbaum lag ein Holzschwert.

Und der Ulane kniff ein Auge zusammen und nickte.

Er hatte es, als niemand hinschaute, unter der Jacke hervorgeholt und hingelegt.

Er hatte es geschnitzt, hart wie Eisen.

Auch ein Kasper kam irgendwoher zum Vorschein. Mit einem Holzkopf und einfach bemalt. Ein Fetzen Stoff als Kleid.

Else vermutete richtig, daß der alte Dziuba dahintersteckte, und sagte auf polnisch: »Das war doch nicht nötig, Vater! Das Kind bekommt schon genug Geschenke. Außerdem spielt Norbert nicht mit so etwas.«

Norbert Fürchtegott freilich sollte dieses Weihnachtsfest nicht vergessen. Denn das Holzschwert gab ihm Mut, und den Kasper trug er meist bei sich. Beides war magisch wie einst das Holzpferd. Wenn er allein war, redete er mit dem Kasper.

Der Urgroßvater faltete ihm aus dickem Packpapier eine Mütze, zeigte ihm mit seinem Holzbein den Paradeschritt, und wie das Schwert zu halten sei. Dazu sagte er: »Einem Krieger kann nichts passieren, du kleiner człowiek*, merk dir das für später. Fürchte dich nicht

* Mensch

vor Tod und Teufel und nicht vor dem lieben Gott. Ein Krieger haut immer zurück!«

Das sagte er Polnisch, weil er sich weigerte, Deutsch zu können. Aber auch wenn Norbert die Worte nicht verstand, berührten sie ihn doch auf magische Weise und gaben ihm für einen kurzen Moment Kraft. Und so hatte Norbert Fürchtegott an diesem Abend eine kleine Weile lang einmal keine Furcht. Stolz marschierte er durch das Zimmer, während die Mutter in der Küche an ihren Tränen würgte, die Oma die Teller wusch und die beiden alten Dziubas dasaßen und Mahorka rauchten.

Den Tretroller und die Rollschuhe konnte Norbert erst nächsten Tag ausprobieren. Den Kasper und das Schwert nahm er mit ins Bett.

Der Tretroller war zu schwer für ihn, er klemmte sich die Füße in die Mechanik, schlug sich die Knöchel an dem Eisen blutig und versuchte es dann nicht mehr. Das Rollschuhlaufen erlernte er nie; es wäre auch auf den Straßen von Chlodnitze, die holprig und voller Schlacke waren, gar nicht gegangen.

Als Norbert Fürchtegott fünf Jahre alt war, durfte er außerhalb des Hofes in der Umgebung herumstreifen. Er hatte keine Freunde, denn er war ängstlich. Prügelten sie ihn, dann lief er weg und schlug nicht zurück. So wurde er der Prügelknabe der ganzen Straße. Man konnte ihn schlagen, und er heulte nur.

Einer von den Lümmeln stahl ihm das Holzschwert und mit ihm den letzten Rest an Mut.

»Was bist du nur für ein blöder Kerl«, schrie ihn der Vater an, »wenn dich einer haut, mußt du's ihm sofort zurückgeben. Schnapp dir einen Stein, oder was du erwischen kannst, und dann auf ihn mit Gebrüll! Ein Mainka läßt sich nichts gefallen, merk dir das!«

Doch versuchte Norbert nur den geringsten Widerstand, schlugen sie zu zweit auf ihn ein.

Um diese Zeit entdeckte er, wo Hrdlak wohnte, und so trieb er sich oft in der Nähe des Gartens herum. Eines Tages dann ging er hinein. Hrdlak arbeitete an seinen Beeten und nahm keine Notiz von ihm. Norbert Fürchtegott störte sich nicht daran, und auch daß Hrdlak nie etwas sagte, machte ihm nichts aus. Für ihn war es genug, wenn er nur in Hrdlaks Nähe sein durfte, denn dann fiel alle Furcht von ihm ab, und die Welt war auf merkwürdige Weise in Ordnung.

Manchmal ließ er sich von der Mutter Brot mitgeben und sagte, er habe immer Hunger, wenn er dort draußen herumstreife. »Aber geh mir nicht zu weit weg, hörst du!«

Dann nahm er das Brot für Hrdlak mit, doch Hrdlak nahm es nicht an. Er aß wohl ein wenig davon, um Norbert Fürchtegott dazu zu bewegen, selbst etwas zu essen. Auch gab er ihm eine Tomate dazu oder schnitt grüne Zwiebeln auf das Brot, und das schmeckte Norbert Fürchtegott dann wie Manna vom Himmel.

Einmal schnitt Hrdlak ihm einen Bogen und ein paar Pfeile zu und lehrte ihn das Zielen auf Blechdosen. Norbert Fürchtegott traf nie. Hrdlak immer und fast, ohne hinzuschauen. Scheinbar sogar, ohne zu zielen. Weswegen der alte Mann ihm wie ein Zauberer erschien. Da war oft wieder die Magie zu Gast, nur verstand Norbert Fürchtegott sie damals nicht. Aber noch Jahrzehnte später wird er sich an diese Stunden mit Hrdlak erinnern. Wird an sie denken und immer noch nicht wissen, was da war. Um den Hrdlak.

Eines Tages fuhr dort in der Gneisenaustraße ein Auto vor. Die Kinder liefen zusammen und versammelten sich um das Vehikel; ein Auto war eine Seltenheit in dieser Straße. Und so eines obendrein. Es sah aus wie von einem anderen Stern: ein Tatra, Baujahr 1929 – Kabriolett, Zweilitermotor, Sonderanfertigung. Das Verdeck aufgeklappt.

Ein Mann stieg aus und klopfte sich den Staub von der Kleidung. Er sah aus wie einer, von dem sie meinten, er sei ein gewaltiger Abenteurer. Zumindest wie einer, der eine weite Strecke hinter sich hatte.

Er trug eine Ledermütze mit einer Autobrille, einen Trenchcoat und karierte Knickerbocker.

Er fragte nach der Gneisenaustraße fünfundzwanzig.

»Gibs hier nich.«

Hausnummern kannten die Kinder nicht, bestenfalls die eigene, und von einer Nummer fünfundzwanzig war keiner unter ihnen.

Ob sie dann wüßten, wo hier ein Herr Bogainski wohne.

»Bogainski – nein, gibs hier auch nich.«

»Er heißt Zwi Bogainski?«

»Zwi, so einen Namen gibs hier sowieso nich.«

Sie lachten schon, stiegen auf das Auto und fragten: »Ham Sie was zu verschenken?«

Er hatte nichts, er hatte nicht daran gedacht, sich etwas für solche Zwecke einzustecken, Bonbons, Schokolade oder dergleichen, nahm dann ein paar Münzen aus der Tasche und verteilte sie. Großer Jubel, und schon liebten sie ihn.

Ein alter Mann kam dazu und fragte: »Was sucht er?«

»Einen Mann.«

»Wie soll er heißen? Und wo soll er wohnen?«

»Fünfundzwanzig, Nummer fünfundzwanzig. Gneisenaustraße. Zwi Bogainski«, antwortete der Fremde.

»Zwi? Ist der ein Jude? Dann ist das vielleicht der Verrückte mit dem Pferd?«

»Ja, Jude.«

»Dann muß das der dort sein.«

Der Alte zeigte dem Fremden den Bretterzaun und wies mit dem Finger durch die Lücke im Zaun auf den Stall, wo Hrdlak wohnte. »Der dort wohnt, nicht, das is der Hrdlak. Aber der in dem Haus dort drüben, der muß es sein. Der is auch verrückt, alle da sind verrückt. Aber mir is das egal. Sollen sie doch verrückt sein, wie sie wollen. Die ganze Welt ist sowieso ein Irrenhaus, also soll das jeder machen, wie er will.«

Dann humpelte er weiter. Der Fremde aber zwängte sich durch die Lücke im Zaun, sah sich in dem Garten um und ging schließlich auf das Haus zu.

Der Fremde hieß Ballestrem, Graf Ballestrem, und war Zwis Freund aus alten Zeiten. Ein Jahrzehnt lang hatten sie sich jetzt schon nicht mehr gesehen, und fast zwei Jahrzehnte hatten sie davor in Berlin zusammen verbracht und dort in den Kneipen und mit den schönen Damen der Stadt des Nachts die Rätsel der Welt gelöst.

Weltmeister wollten sie werden: Sie wollten die Welt

meistern. Zwi hatte damals gerade seine Mutter in Budapest verlassen, nachdem sie ihm gesagt hatte: »Jungä, du mußt in einär Grosss-stadt läben. Bärrlin, Parris, London – niiich Budapäääscht, das is zu schwär mit där Sprachä. Abär Franzeesisch ist sääär schen. Hat dein Vater dich mit Gääld wänigstens värsorgt?«

»Ja«, hatte Zwi geantwortet und war nach Berlin gefahren. Hatte sich dort erst einmal in einer Pension der mittleren Preislage eingemietet und sich dann auf die Suche nach dem Sinn des Lebens gemacht.

Ohne daß er es genau hätte begründen können, wollte er erst einmal arbeiten. Er meinte, ein Mensch müsse arbeiten; zumindest aber müsse er wissen, was es heiße zu arbeiten. In der Zeitung fand er eine Anzeige: »ZEITUNGSTRÄGER GESUCHT: Arbeitszeit von fünf bis elf Uhr morgens.« Das schien ihm zu passen, denn die Morgenfrühe war ihm immer schon die liebste Zeit gewesen. Die Sonne aufgehen sehen, die leeren Straßen, und du hast einen ganz weiten Blick. Und nach elf die Freiheit. Oder was er dafür hielt.

Er suchte sich ein Zimmer zur Untermiete, und dann fuhr er jeden Tag mit einem Fahrrad und einem Anhänger morgens um fünf Uhr die Zeitungen gebündelt an die Einzelverteiler aus, danach an die Kioske, danach an die Läden. Dann hatte er Feierabend.

Er wollte ›unten‹ anfangen, wollte die Arbeit von der Pike auf kennenlernen. Doch schon nach vier Wochen kündigte er den Job, denn *das* konnte es nicht sein.

DAS war die Freiheit nicht, weder vor elf noch nach elf. Die Gleichförmigkeit, den ewigen Ablauf ertrug er nicht.

Also nahm er eine Stelle in einem Handelsgeschäft an. Er hatte im Lager die Waren anzunehmen, auszugeben, die Lagerbewegungen einzutragen und die Waren, die auszugehen drohten, nachzubestellen. Arbeitsanfang sieben Uhr dreißig, Feierabend achtzehn Uhr dreißig. Hundemüde kam er nach Hause, saß dann in seinem möblierten Zimmer, in dem es muffig roch. Seine Vermieterin war die Witwe eines Gerichtsdieners – nichts ist Zufall. Und weil er diesen Mief nicht ertragen konnte, begab er sich zum ersten Mal im Leben in eine Kneipe.

Trank zum ersten Mal Bier und beobachtete, was in ihm ablief. Wie im Kopf eine Art Nebel entstand und eine gewisse leutselige Heiterkeit eintrat. Wie er Hunger bekam und essen mußte. Und wieder Bier trank, dann plötzlich müde wurde und ins Bett wollte. Dann aber gut schlief, jedoch zuviel pinkeln mußte. Das wiederholte er nun jeden Abend, wechselte die Kneipen, arbeitete an einer Art Strategie, einer Art ›Kunst des Saufens‹, versuchte den optimalen Grad der Trunkenheit herauszufinden. Wechselte auch die Sorten des Alkohols und traf in so einem Zustand, sozusagen in der angeregtesten Phase so eines kleinen Rausches, einen gewissen Ballestrem, der da an seinem Tisch saß. Etwa im gleichen Alter war und – wie sich herausstellte – auch neu in dieser Stadt und – wie er – noch nach *seinem* Platz im Leben suchte.

Ballestrem erzählte, seine Eltern hätten ihn nach Berlin geschickt, um zu studieren. Aber wenn überhaupt, dann interessiere ihn allein die Philosophie, denn »durch die Wirrnis des Lebens unbeschadet und gar mit

Freuden durchzukommen – das geht nur mit dem Geist. Sag mal, Zwi, du bist nicht zufällig Jude?«

»Wie man's nimmt«, hatte Zwi geantwortet. »Meine Mutter war Jüdin, mein Vater aber nicht.«

»Halb ist schon genug! Zwi, du bist mein Mann, denn die Juden haben in ihrem Denken die Welträtsel begriffen.« Was reiner Unsinn war, doch der Anfang für einen langen gemeinsamen Weg.

Sie zogen jeden Abend zusammen los. Manchmal tranken sie zuviel, denn es dauert lange, bis die Kunst des seligen Saufens wirklich begriffen und mit Perfektion ausgeübt werden kann. Wer sie beherrschen will, darf kein Glas zu viel, aber auch keines zu wenig trinken; er muß im richtigen Moment bei dem richtigen Glas aufzuhören wissen. Die Seele muß über der Erde schweben wie ein Schmetterling, mehr nicht.

Zum seligen Saufen bedarf es eines großen Meisters. Und wenn der selige Säufer Glück hat, stellt sich ein kleines Begreifen ein, und wenn er seinen ganz großen Tag hat, weiß er einen Augenblick lang, ob es Gott gibt oder nicht.

Auch die Sorte des Rauschmittels und die Kombination mit diversen Speisen ist für die Kunst des seligen Saufens nicht von Unwichtigkeit.

Wie auch immer: Man muß erst ausprobieren, wo die Grenze der Seligkeit liegt, wann sie noch nicht erreicht und wann bereits wieder weit überschritten ist, was dazu führt, daß zunächst einiges zuviel getrunken werden muß. Nur die Fehler machen weise.

Manchmal lösten Zwi und Ballestrem auf diese Weise die Rätsel der Welt gleich alle auf einmal, und dann wieder lösten sie sie nicht. Einmal erhob Ballestrem Epikur zu seinem großen Meister: Zwi, ich sage dir, *das* ist unser Mann! Epikur ist wahrscheinlich der vernünftigste Denker aller Zeiten. Hör dir allein diesen einen Satz an: ›Schon bei Homer heißen die Götter ›die *leicht* Lebenden‹ weil sie *die Arbeit nicht kennen*‹. Zwi: Nicht arbeiten ist die Voraussetzung zum glücklichen Leben, sagt Epikur und mit ihm jeder vernünftige Denker.«

Zwi dachte darüber nach. Das Alte Testament kam ihm in den Sinn, und auf einmal fiel es ihm wie Schuppen von den Augen: »...und da sie gesündigt hatten, strafte Gott der Herr sie und sagte: ›Zur Strafe sollt ihr von nun an im Schweiße eures Angesichts euer Brot verdienen.‹ – Die Arbeit wurde dem Menschen einst als Strafe für seine Sünden aufgebrummt, Balle. Das besagt schon, daß sie nichts Gutes ist.«

Er grübelte noch weiter: Bestraft werden konnte aber nur, wer gefehlt hatte. Gefehlt hatten jene zwei im Paradies, also konnte *er*, Zwi, nicht bestraft werden, denn wenn Gott der Herr gerecht war, dann war Sippenhaft nicht möglich. Strafte er aber die ganze Sippe des Menschen, dann war er nicht gerecht, und man brauchte sich auf ihn weder einzustellen noch ihn zu verehren. Dann war er schlichtweg indiskutabel. Dazu kam, daß Christus ja angeblich die Menschheit von ihrer Schuld – und das hieß ja wohl auch von dieser Strafe – erlöst hatte. Folglich mußte er, Zwi, nicht arbeiten, und so ging er, ohne seinen letzten Lohn abzuholen, ab sofort nicht mehr von sieben Uhr dreißig morgens bis achtzehn Uhr dreißig abends in das Handelsgeschäft. So hatte er dieses Problem für sich für immer gelöst.

Mit dem Geld seines Vaters konnte er ziemlich gut leben. Außerdem teilte Ballestrem, kommunistischen Ideen nicht verschlossen, sein Vermögen mit ihm, denn er war reich.

Sein größter Reichtum bestand aus einem scheinbar unbegrenzten Weinkeller. Ein Onkel aus dem fernen Salzburg hatte ihm diesen vererbt. Mitsamt einem Schloß, doch das ließ er dort vorerst unbeachtet. Russische Zobel sollten sich auch darin befinden, die sein Onkel in der Schlacht getragen hatte, damit es ihn nicht fröstelte.

»Während die anderen verbluteten«, sagte Zwi und erinnerte sich an den Auftrag seines Vaters, schob ihn aber beiseite.

Von jenem Abend an nannten sie sich ›Epikuräer‹.

Ballestrem hatte sich zwar immatrikuliert, denn schließlich bekam er das Studium bezahlt, aber es ekelte ihn vor der Universität, und so hatte er sie schnell wieder vergessen und ging nie wieder hin. Schließlich hatte Epikur auch gesagt: ›Jede Bildung fliehe, mein Glücklicher, mit gespannten Segeln!‹ Bildung machte unglücklich, und weil Denken zur Bildung führte, wollten Zwi und Ballestrem an manchen Tagen nicht einmal denken.

Ballestrem hatte ein Künstleratelier über den Dächern von Berlin gemietet, und dort huldigten sie ihrem Epikuräertum, den Frauen und dem Wein.

Die Mädels waren ihnen zugetan, auch Künstler fanden sich ein, denn da standen immer ein Pfeifchen Haschisch und in begrenzten Mengen Kokain zur Verfügung. Begrenzt, weil der übermäßige Genuß so einen jungen Künstler dazu verleiten konnte, zu großen Schaden anzurichten oder sich für einen Vogel zu halten und vom Dach zu springen. Künstler sind, was das Benehmen angeht, für den feinen Umgang nicht unbedingt zu empfehlen. Doch nahm man das hin, denn die Mädels wollten sie um sich haben.

Sie lockerten mit ihren freien Manieren die Atmosphäre auf. Nicht selten, daß sie sich als erste mit einer Frau auf das Dach fortstahlen, wo sie das Mädel im Mondschein beglückten. Nichts Schöneres auf Erden als das. Unter dem Mond. Auf einem schrägen Dach.

Und dann gingen Zwi und Ballestrem die Furchtlosigkeit bei Epikur an. Ließen die Selbstgenügsamkeit nicht aus.

»Wer nichts braucht, hat alles«, steuerte Zwi bei, und sie begriffen es auch. Doch wenn man wie die beiden alles geschenkt bekam, sollte man es deswegen nicht wegwerfen.

»Nur wenn du durch Arbeit das Wohlleben erwerben mußt, dann lieber nichts brauchen und nicht arbeiten müssen.«

Freilich lasen sie nicht den ganzen Epikur – war auch gar nicht nötig. »Nur der Weise erkennt den Weisen.«

Davon konnten sie eine Weile leben. Sie wandten sich bald anderen Denkern zu oder kasteiten sich für eine Weile, um den Körper zu erproben. Sie aßen dann fast nichts, nahmen nur kostbarste Flüssigkeiten in Form von erlesenen Weinen zu sich. Schliefen des Nachts nicht, sondern betrachteten Berlin vom Dach aus oder streiften in diesem schwerelosen Zustand durch die Straßen oder noch lieber durch finstere Gassen in den Außenbezirken: »Grenzerfahrungen machen.«

Ein andermal sagte einer von ihnen: »Der Geist kann nur gesund sein, wenn auch der Leib gesund und gestählt ist.«

Also stählten sie sich, indem sie viel schwammen. Sich Fahrräder verschafften und weite Touren unternahmen. Sich in einen Amateur-Boxclub einschrieben. Keinen Alkohol tranken und spürten, wie der Geist sich klärte.

»Wer hat eigentlich das gesagt: ›Ich weiß, daß ich nichts weiß‹?

Hör dir diesen Blödsinn an, Zwi! Wenn er *weiß*, daß er nichts weiß, dann *weiß* er doch ohne Zweifel immerhin *eines*: nämlich, daß er nichts weiß.«

Sie betrachteten von nun an die Denker kritischer und verwarfen auch etliche von ihnen. »›Ich denke, also bin ich.‹ Was bitte, soll das heißen, Zwi? *Ist* alles, was nicht denkt, *nicht*? Und woher weiß dieser Denker, daß die Ameise, der ganze Ameisenhaufen nicht weitaus besser denken kann als er? Ich hatte einen Hund, der war intelligenter als ein Apotheker. Ach, scheiß doch auf die ganze Philosophie.«

Und so wandten sie sich der Kunst zu; sie wollten nicht mehr bloß denken, sondern etwas schaffen, ein Werk vollbringen, etwa wie Nietzsche, Beethoven oder Marcel Proust. Damals kamen gerade die ersten Jazzmusiker aus Amerika nach Berlin, und deshalb warfen sie sich ganz auf die Musik. In einer Kneipe spielte eine Band aus New Orleans, und Zwi und Ballestrem verbrachten dort jede Nacht. Sie kamen nicht mehr los von dieser Musik, sie wurde ihnen eine Leidenschaft, die sie packte, wurde zum Inhalt ihres Lebens. Es schien ihnen leicht, auf einem Instrument anscheinend ohne jede Regel, ungetrübt von Gedanken oder Bedenken oder einer Harmonielehre und was auch immer zu spielen, so wie es aus einem kam. Kinderleicht kam es den beiden vor, denn ein halbwüchsiger Junge, nicht älter als zehn Jahre, spielte die Mundharmonika wie ein Teufel. Wie die Cherubims der Hölle oder die himmlischen Teufel heulten sie diesen unbeschreiblichen Blues. Ein alter, blinder Neger zupfte auf einem gitarreähnlichen Instrument und sang dazu – das entführte sie in Höhen, die sie mit ihren Pfeifchen nicht erreichten, aber wenn sie zusätzlich ihr Marihuana rauchten – Zwi nahm lieber Mescalin –, dann schwebten sie weit, weit über dieser für sie ohnehin schon wunderbaren Welt.

Der Blues sollte von da an ihr Weg sein.

Und da es so leicht schien, beschafften sie sich ähnliche Instrumente, die ja kaum etwas kosteten, denn diese Neger spielten sozusagen auf nichts anderem als auf Zigarrenkästen und Blechdosen mit Löchern und Saiten überzogen. Aber nach ein paar mühsamen Versuchen, auch nur einen jener teuflisch-schönen Töne hervorzubringen, gaben sie auf.

»Unser Fehler, Zwi, ist, daß wir keine Neger sind«, sagte Ballestrem.

»Ich vermute, wir sind nicht musikalisch«, sagte dagegen Zwi, und der anfängliche Gram über ihr Unvermögen, über ihre falsche Geburt verflog bald wieder. Sie erwogen, dann eben ein anderes Werk zu erschaffen, etwas, das für die Menschheit genauso wichtig wäre wie der Blues.

Sie wollten ein philosophisches Werk verfassen, welches jenen, die es begreifen würden, ein ähnliches Glücksgefühl auf Dauer verschaffen sollte, wie sie es von der Musik her kannten.

Epikur ergänzen, weiterführen, in manchen Teilen auch widerlegen, denn wenn er sagte: ›Das Tröstliche an jedem Schmerz ist, daß man sicher weiß, er wird einmal aufhören‹, dann erschien ihnen das zynisch. Entweder Epikur hatte keine Ahnung von Schmerzen – sie freilich auch nicht, denn Schmerzen hatten sie noch nie erfahren, doch weiß wohl jeder, daß es solche Schmerzen gibt, die bis zum Tod dauern, man braucht sich nur umzuhören –, oder er meinte mit dem ›enden‹ den Tod.

Das aber wäre zynisch und so nicht zu akzeptieren. Auch wollten sie die ›Kunst des seligen Saufens‹ beschreiben, denn wie tranken nur die meisten Menschen? Wie die Schweine, ohne System, und am nächsten Tag hatten sie Kopfschmerzen, als hätten sie sechs Barrel Erdöl getrunken. Das aber konnte der Sinn des Saufens nicht sein, denn der Alkohol war bei richtigem Umgang ein großartiges Gnadenmittel des Schöpfers, sofern man einen annehmen wollte. Vielleicht war er sogar für den, der den Zugang fand, der einzige Beweis eines *guten* Gottes.

So jedenfalls sahen sie das zu dieser Zeit dort in Berlin, im Rücken den unerschöpflichen Weinkeller Ballestrems. Und das alles wollten sie zu Papier bringen und der Menschheit damit zu grenzenloser Seligkeit verhelfen.

Sie beschafften sich genügend Papier, stellten einen vortrefflichen Wein auf den Tisch, dazu ein wenig Brot und zwei Sorten Ziegenkäse, weil die leichte Schärfe des

Käses die Zunge aufweckt, das Brot sie wieder ein wenig dämpft, und der Wein löscht dann das leichte Feuer und beglückt die Seele auf das höchste. Der Himmel tut sich auf, Brüder, und wenn du Glück hast, kannst du sogar die Sterne leise singen hören.

So versuchten sie den ersten Gedanken zu fassen, denn der Anfang war wichtig. Wenn der erste Satz den Leser nicht so packte, daß er von dem Werk nicht mehr loskam, dann war das Werk mißglückt.

Als ihnen der erste Satz partout nicht einfiel, gaben sie das Vorhaben auf. Warum sollten auch ausgerechnet sie die Menschheit in die Seligkeit führen? Das hatte schon Jesus versucht, und es war ihm keineswegs gelungen.

»Wenn du mit einem deiner Haare die Welt verändern könntest – dann behalte das Haar.«

Und sie begriffen: Der Mensch muß kein Werk hinterlassen, wenn er die Welt verläßt.

Genau zu dieser Zeit geschah es – und nichts ist ein Zufall – daß ihnen ein Weiser begegnete, der lange in Indien und wo sonst auch immer gelebt hatte und der behauptete: »Der göttliche Mensch hinterläßt keine Spuren auf der Welt. Nicht einmal seinen Leib läßt er zurück. Er löscht seinen Namen aus, und niemand wird je etwas von ihm wissen. Auslöschen ist es, worum es geht, das Nirwana gilt es zu erreichen.«

»Das ist es, Ballestrem«, hatte Zwi gerufen. »Kein Werk schaffen. Nicht arbeiten und auch kein Werk schaffen, denn jedes Werk wäre eine Spur.«

Dann war der Krieg gekommen, und Zwi und Ballestrem waren vor ihm nach Kopenhagen geflohen, wo sie vier Jahre lang täglich die Zeitungen verfolgten. Es blieb ihnen nichts von dieser Zeit im Gedächtnis; sie sehnten sich viel zu sehr nach Berlin zurück, als daß sie an irgend etwas ihre Freude hätten finden können.

Als der Krieg zu Ende war, gingen sie sofort zurück nach Berlin. Ballestrem mietete wieder eine Wohnung über den Dächern. Wieder eine Art ›Künstleratelier‹, um fortzusetzen, was die verfluchte Weltgeschichte unterbrochen hatte. Und dann begann der Wahnsinn der Zwanziger Jahre. Wo die Röcke kürzer waren als die Nächte. Die Mädels schöner, als man es ertrug, und die Musik so heiß war, daß alles lichterloh brannte.

Sie stürzten sich voll in diesen Wirbel, tanzten die Nächte durch, Charleston, Jimmy, bis sie umfielen; nie wieder Krieg!

Die wildesten Gedankengebäude kamen über Nacht auf. Wiedergeburtstheorien fanden Verbreitung, und allerorten wurden Gespräche mit Geistern von Verstorbenen geführt. Kurzum, es drehte sich alles wie in einem Wirbel, und kein Ende in Sicht.

Und mitten in diesem Wirbel tauchten eines Tages vier tibetanische Mönche auf, in ihrer Mitte einen ›Erleuchteten‹, einen Alten, dessen Alter man mit dreihundertsiebenundzwanzig Jahren angab. Der ohne Nahrung in einer zugemauerten Höhle im Himalaja lebte – sagte man – und die Höhle einmal im Jahr verließ, indem er durch die Mauer ging und an den Pilgern Wunder vollbrachte. Kranke heilte, Seelen erlöste, die betrübt waren. Und dann vor aller Augen wieder durch die Mauer für ein weiteres Jahr in seiner Höhle verschwand.

Längst dem Nirwana zugehörig, hatte er auch seinen Namen aufgelöst. Außerdem hieß es von ihm, er könne an allen Orten der Welt und nicht nur das: *An allen Orten des Kosmos und in allen Zeiten gleichzeitig sein.*

Er wurde seinerzeit von den Honoratioren Berlins empfangen, und man sagte von ihm, er könne vor den Augen der Leute in der Luft schweben, und wenn man ihn fotografiere, dann seien alle Menschen um ihn auf den Bildern – nur er nicht.

Damals hatten Zwi und Ballestrem das Leben in vollen Zügen ausgekostet, den Krug bis zur Neige ausgeschöpft gehabt. Da war nichts, was ihnen entgangen sein konnte. Von den Seligkeiten des Weinrausches bis hin zu Mescalin und anderen Drogen. Sie hatten die Gipfel erstiegen und waren in den Abgrund gestürzt. Sie hatten die Nächte bis zur Ohnmacht durchtanzt und keine Frau ausgelassen. Und dann waren sie auf dem Grund aller Möglichkeiten angelangt – und nichts ging mehr weiter.

›Wenn du das, was dir Lust bereitet, nur oft genug wiederholst, wird es leicht zum Übel.‹

Der Gedanke war ihnen bekannt, doch das Wissen allein half ihnen nichts. Und just da, als sie am Ende ihrer Weisheit angelangt schienen, begegneten sie jenem heiligen Mann.

»Freude ist nicht die sogenannte Wahrheit, Balle. Wir müssen die Rückseite finden. Schluß mit Epikur, Junge. Da irrte er.«

Also kehrten sie *allen* Philosophen den Rücken, seit sie diesen Alten gesehen hatten. Erwogen statt dessen den Buddhismus.

»Hast du schon einmal einen Christen schweben gesehen, Zwi? Du bist doch Jesuit.«

»Es gab auch dort solche, die schweben konnten, Ballestrem. Das hat nichts mit einer Religion zu tun, das ist eine Frage des Geisteszustandes. Doch auch *das* ist es nicht, was wir finden müssen, oder willst du schweben können, und wenn ja, wozu?«

Hier hatten sie einen stillen Aufenthalt auf ihrem Weg. Sich umzuschauen und sich zu orientieren.

»Alles Leben ist leidvoll.«

Buddha.

»Die Erlösung aus dem Leid ist erreichbar.«

Buddha.

Waren sie denn im Leid?

Sie hätten es nicht beantworten können, doch allein, daß ihnen die Freude nicht mehr reichte, war schon genug, um sich im ›Leiden‹ zu wähnen. Schon suchen und nicht finden war ihnen Leid genug. Der Mensch ist so erbärmlich.

Nirwana.

»Es ist das Nirwana, Balle. *Es ist das Nirwana*, welches wir erreichen müssen, sonst werden wir wiedergeboren – willst du denn wiedergeboren werden?«

Ballestrem sagte ja und warf damit alles über den Haufen.

Zwi sagte: »Mit diesem Vater und dieser meiner Mutter – auch Ja. Doch die Wahrscheinlichkeit, daß es wieder so gut geht, ist zu gering, Ballestrem. Stell dir vor: Du ohne Geld und ich mit anderen Eltern – die Wahrscheinlichkeit, daß das Leben gut ausgeht ist eins zu hunderttausend.«

Also: nein. Dann wollten sie lieber das Nirwana erreichen. ›Auflösung aller Dinge und des Ichs‹ – das mußte erst einmal begriffen werden, und das war dann der Punkt, an welchem sie stehenblieben, denn schon das Begreifen war ihnen nicht erreichbar.

Wohl *versuchten* sie sich im Buddhismus, etwa indem sie den Weg der Entsagung gehen wollten. Indem sie wenig aßen, der Körper sollte leicht werden, die Seele nicht mehr nach unten ziehen, damit sie fliegen konnte.

Das hielten sie für eine Weile für richtig, doch auch *das* war es nicht.

Den Frauen freilich entsagten sie nicht, denn sie fanden keinen Hinweis bei Buddha, daß er dies verlangt hätte. Er sagte lediglich, man dürfe keine ›Vorlieben‹ haben, also nichts sei *mehr* zu lieben als etwas anderes. Und das ließ sich einhalten, indem sie alle Frauen gleich liebten. Keine mehr und keine weniger. Auch fanden sie keinen Hinweis darauf, daß sie arbeiten müßten. Oder wenigstens sollten. Im Gegenteil, die Befreiung von jeglichem Pflichtgefühl verlangte geradezu, nicht zu arbeiten.

»Das Ich auslöschen und mit ihm das Verlangen nach der Freude«: Auch das wollte Ballestrem damals noch nicht übernehmen; er wollte sich erst noch eine Weile freuen.

Dann begegnete Ballestrem einer Frau. Lydia. Es ereignete sich das, was sie meinten, hinter sich zu haben – er verfiel ihr. Er redete sich mit Geschichten heraus und sagte, einst hätten die Menschen aus nur *einem* Wesen bestanden, und dann seien sie – er wußte nicht mehr genau, warum – von den Göttern getrennt worden in ein weibliches und ein männliches Wesen, und nun müßten sie sich gegenseitig wieder finden. Er habe seine zweite Hälfte nun gefunden…

Zwi hatte abgewunken: »Ach laß, Junge, ist schon in Ordnung. Das hätte mir auch so passieren können.«

Sie trennten sich an diesem Punkt, Ballestrem blieb bei Lydia, und Zwi ging nach Chlodnitze in seinen Garten. Er wollte weitersuchen nach dem Nirwana. Ballestrem nicht mehr.

Sie wollten in Verbindung bleiben. Aber kommt eine Frau ins Spiel, ist die Freundschaft weit weg.

An jenem Tag, als Ballestrem in Chlodnitze eintraf, wurden die Kinder von einem Schularzt auf ihre ›Schulfähigkeit‹ hin untersucht.

Norbert Fürchtegott Mainka würde im nächsten Juni sechs Jahre alt werden, die Schule begann aber Ostern, im April. Da Norbert dann also noch keine sechs wäre, würde er normalerweise ein Jahr später eingeschult werden müssen.

Rudolf Mainka hatte freilich bereits vor längerer Zeit zu seiner Frau gesagt: »Er kann nicht früh genug in die Schule kommen. Wenn wir warten, verliert er ein Jahr – was denkst du, was ein Jahr für einen Geschäftsmann bedeutet! Also geh vorher zum Schularzt in die Sprechstunde. Dort stellst du dich als Privatpatientin und als Frau Mainka vor; er wird das Unternehmen schon kennen. Da sollst du mal sehen, was du für eine Behandlung hast, du brauchst nicht einmal zu warten. Und dann sagst du ihm, dein Mann ist Unternehmer, und er braucht den Sohn fürs Geschäft. Und sag ihm auch, daß der Junge ›frühreif‹ ist. Merk dir das Wort.«

›Frühreif‹ war in der Tat ein Fremdwort für sie, denn im Wasserpolnischen gab es keinen Begriff dafür.

Drei Tage vor der Schuluntersuchung ging Else Mainka zu dem Schularzt in die Praxis. Sie sagte: »Wenn Sie wüßten, wie fortgeschritten unser Kind schon ist, Sie sehen ihn ja in der Voruntersuchung selbst. Und gesund, hat nicht einmal Schnupfen. Mein Mann möchte, daß er schon ein Jahr früher eingeschult wird. Mein Mann hat ein Unternehmen und möchte den Jungen baldmöglichst ins Geschäft nehmen. Mein Mann sagt, das Kind ist *frühreif*.«

Der Schularzt nickte: »Wenn er nichts an den Lungen hat, nicht auffällig verwachsen ist und die vorgeschriebene Mindestkörpergröße aufweist, kann man das schon machen.«

Bei der Schuluntersuchung schrieb der Schularzt Norbert Fürchtegott ›schulfähig‹, und damit sollte er der Jüngste, Kleinste und Schwächste in der Klasse werden. Geprügelt und geschunden von den anderen, weil er nicht zurückschlagen konnte. Gepeinigt vom Lehrer, weil er nicht übermäßig intelligent war und weil der Lehrer – schlecht bezahlt – die Reichen haßte.

»Und sag dem Lehrer gleich, daß sein Vater Unternehmer ist und der Junge das Unternehmen übernehmen soll. Er soll ein besonderes Auge auf ihn haben. Biete ihm etwas Geld an, wenn es nötig sein sollte, ihm Nachhilfestunden zu geben. Dann könnte es der Lehrer selber übernehmen, und der Junge bekäme auch bessere Zensuren. So ein Lehrer ist doch auch ein biedok.«

Das sollte Else Mainka dem Lehrer am ersten Schultag sagen. Rudolf Mainka wird Norbert dann einen Matrosenanzug gekauft haben, die größte Ostertüte und den teuersten Federkasten. Die anderen werden in zerrissenen und geflickten Hosen und Hemden am Tor abgeliefert werden, die meisten barfuß, und schon da wird Norbert Fürchtegott als jener erkannt werden, den es das Fürchten zu lehren gilt.

Ballestrem klopfte an die Tür, aber niemand öffnete. Zwi war nicht zu Hause. Also setzte sich Ballestrem auf die Bank vor dem Haus und sah zu, wie Hrdlak Honig aus seinen Bienenstöcken holte, ohne Maske, ohne Handschuhe, und er meinte, ihm irgendwo schon einmal begegnet zu sein.

Nach einer Weile erschien Zwi in der Zaunlücke. Als sie sich sahen, grinsten sie, dann lachten sie und liefen aufeinander zu, um sich zu umarmen.

»Du alter, verdammter Gringo«, rief Zwi und schlug Ballestrem auf die Jacke, daß es staubte. »Wo kommst du her? Warum hast du dich nicht angemeldet, ich hätte dir ein ungarisches Goulasch gekocht, daß dir die Haare aus der Nase fallen. Du hast ja immer noch deine alte verdammte tschechische Kiste. Fährt die überhaupt noch?«

»Nein«, antwortete Ballestrem, »fährt nicht mehr. Fliegt. Und du wohnst hier in dieser verkommenen, verluderten, verlausten, wunderbaren Eremitenbude, sag! Ist das der Garten, den dein Alter dir hinterließ?«

»Ja, ich kann ihm nicht dankbar genug dafür sein. Aber sag, was machen wir zuerst, du Säufer?«

»Weiß nicht.«

»Ein Fest natürlich«, sagte Zwi. »Ohne ein Willkommensfest keine Begrüßung. Ein Gastmahl für den Baron. Was wird gewünscht, Fleisch vom Stier, Fisch vom Hai oder Käse vom Schaf?«

»Alles vorbereitet, alter Haudegen, Graf Ballestrem ist für alle Lebenslagen gerüstet. Die Muskeln gestrafft, Zwi, und mir nach!«

Sie gingen auf die Straße hinaus, Ballestrem klappte den Kofferraum auf, und da war alles fein säuberlich geordnet und eingepackt. Käse der besten Sorten, Wurst und Schinken – alles, was die wahren Meister des Lebens für ihre Seligkeit brauchen. Und eine Kiste Wein.

»Es ist der beste aus unserem Keller, Zwi. Freilich müßte er eigentlich erst eine Woche ausruhen, jetzt ist er aufgeschüttelt von der Fahrt.«

»Nitschewo problemski«, sagte Zwi. »Schließlich warte ich nicht umsonst seit zehn Jahren auf diesen Tag. Zwi ist immer auf diesen Augenblick vorbereitet gewesen. Los, bringen wir die Kiste ins Haus!«

Sie brachen das alte Tor auf, räumten den Weg frei und fuhren den Tatra in den Garten.

Dann trugen sie das Gastmahl zum Haus und breiteten es auf Brettern aus, die Zwi über zwei Kisten legte.

Und dann führte er Ballestrem in einen kleinen Keller, der von außen zu begehen war.

»Das ist er.«

Nachdem sie sich seinerzeit getrennt hatten, hatte Ballestrem ein paar Kisten edelsten Weines bei Zwi »deponiert«. Hatte sie ihm schicken lassen, auf daß es ihnen an nichts fehlte, wenn sie sich wiedersähen.

»Wie viele Jahre sind es, Zwi?«

»Zehn Jahre, drei Monate und sieben Tage, du elender Windhund. Aber ich koche in jedem Fall ein Goulasch mit elf Sternen nach Art meiner Frau Mutter, ich habe es – es gibt keine Zufälle – ohnehin vorbereitet. Mach du den Außendienst.«

Die Vorbereitungen zum Festmahl dauerten nicht lange, denn in nichts hatten beide eine solche Übung wie in der Vorbereitung eines Freudenmahls. Essen war ihnen immer das Größte im Leben gewesen.

Also richtete Ballestrem außen den Tisch, Zwi hatte etwa vier Teller, und das reichte. Und während das Goulasch noch schmorte, hatten sie Zeit für eine kleine Vorspeise und einen probaten Vorwein.

Zwi setzte sich an den Tisch, und Ballestrem deutete mit dem Kopf auf Hrdlak, der, ohne sie zu beachten, am Bienenhaus weiterarbeitete. »Ich meine, ich habe ihn schon wo gesehen, Zwi.«

Zwi nickte und grinste: »Rat doch mal, wo, alter Türke. Denk mal nach! Trink noch einen! Immer noch nicht?«

Ballestrem betrachtete den Alten, und dann wußte er es: Hrdlak war der Alte, der »Erleuchtete«, der damals mit den vier tibetanischen Mönchen nach Berlin gekommen war.

Ballestrem schüttelte den Kopf. »Das ist nicht möglich, Zwi. Das kann er nicht sein. Warum sollte es ihn ausgerechnet hierher nach Chlodnitze, in deinen Garten, verschlagen haben?«

»Keine Ahnung, Balle, ich bin nicht erleuchtet. Ich weiß nur, daß er es ist. Und daß das kein Zufall sein kann.« Er blickte Ballestrem an. »Weißt du noch, wie wir in Berlin das Nirwana finden wollten? Ich weiß nicht, ob du es inzwischen gefunden hast. Aber ich sage jetzt: Mir kam das Nirwana ein kleines Stück Weges entgegen: Hrdlak. Die Jahre hier mit Hrdlak waren – nichts gegen unsere Zeit zusammen! – die schönsten meines Lebens.« Er stand auf, um Hrdlak zu ihrem Festmahl einzuladen.

Als er mit Hrdlak zurückkam, grinste dieser heiter und verbeugte sich, indem er die Hände faltete. Dann setzte er sich hin. Das Goulasch war fertig, und es wurde aufgetischt.

»Semmelknödel, ungarische Art, Kameraden.«

Hrdlak lachte – er hatte alle Zähne, und sie waren noch weiß wie Schnee.

Und dann praßten sie und tranken Wein, und Hrdlak redete nicht, und auch Zwi und Ballestrem schwiegen fast die ganze Zeit. Und sie tranken wieder diesen Wein, und die Sonne ging langsam hinter den Bäumen unter und blinzelte durch die Blätter.

»Ein Tag, wie ihn ein guter Gott schaffen würde, gäbe es ihn«, sagte Zwi.

»Hrdlak, sag, gibt es einen guten Gott?«

Hrdlak stand auf, lachte, schlug beiden auf die Schultern, hob einen Stock auf, zerbrach ihn und legte ihn auf den Tisch. Dann verbeugte er sich, indem er wieder beide Hände faltete, und ging zurück zu seinen Bienen.

Ballestrem aber holte ein Pfeifchen aus der Tasche, mischte ein bräunliches Pulver mit etwas Tabak und schob etwas davon über den Tisch.

»Shit?« fragte Zwi.

Ballestrem nickte.

»Nach zwölf Jahren das erste Mal, Ballestrem!«

Und dann schwebten sie davon.

Zwi sagte: »Kannst du mich hier oben sehen, Balle? Levitation!«

»Nein, Zwi, wo bist du denn, wo bist du denn? Ich seh' dich nicht.«

Dann lachten sie unvernünftig und ohne Ende los, schlugen sich auf die Schenkel, tanzten im Garten herum, bis der Höhenflug vorbei war und Ballestrem in sein Quartier wollte. Er hatte sich am Ortsrand in einem Gasthaus ein Zimmer gemietet, als hätte er gewußt, daß Zwi nur ein Bett in einer winzigen Stube hatte.

Am nächsten Tag fand sich Ballestrem bei Zwi zum Frühstück ein. Zwi tischte Knoblauchbrot, grüne Zwiebeln, Gurken, Honig und Tomaten auf. Ballestrem hatte noch Wurst und Käse mitgebracht, Schinken, ein paar exquisite Konserven aus Berlin. Champagner, doch den liebte Zwi nicht mehr.

»Ein Gesöff für die Dummreichen. Ich habe keinen Nerv mehr dafür, seit ich Hrdlak kenne. Pack das wieder ein!«

Ballestrem stellte den Champagner weg und fing an, von Zwis Knoblauchbrot zu schwärmen: »Was für ein Brot, Zwi! Brot ist die Speise der Könige, oder was? Sind wir damals nicht auch verteufelt weit gelaufen, um das beste Brot zu bekommen, sag!«

»Gefahren, Balle. Wir sind gefahren. Mit der Straßenbahn.«

Sie hatten in allem, was Essen angeht, erprobte Rituale. Das Resultat war, daß sie sich nach jedem Essen (und Trinken) so wohl fühlten wie die Wildschweine im Pfuhl.

Später tranken sie einen sehr starken Tee und aßen Obst und Datteln dazu, weil der Tee im Magen ein Bett brauchte.

Den Tee ließen sie in sich eingehen, bis sie die Sonne flimmern sahen. Wie die Vögel sangen!

»Es gibt Freunde, mit denen kann man keinen Tee trinken. Du bist einer von den ganz wenigen, mit denen ich Tee trinke, Balle.«

Es war früh am Morgen, auch in Berlin frühstückten sie meist sehr früh über den Dächern – das vergaß man sein Leben lang nicht.

»Was für eine Zeit war das damals, Balle! Das, was zählt, spielt sich zwischen zwanzig und vierzig ab. Danach kommt noch die Ernte. Da mußt du zahlen – oder einsammeln. Und dann mußt du das Nirwana erreichen.«

»Das Nirwana erreichen, ja«, sagte Ballestrem.

Eine Weile schwiegen sie wieder. Dann erzählte Zwi, daß es für ihn hier zu einem großen Vergnügen geworden sei, manchmal mit dem Fahrrad in die Umgebung zu fahren. Da gäbe es ein Flüßchen, ein paar Teiche, in denen man Fische züchtete, und da sei eine Gastwirtschaft... »Doch was soll ich lange reden, Balle, fahren wir hin!«

Der Tatra wurde angeworfen, das Tor wurde von außen wieder geschlossen, und dann fuhren sie los.

Die Landschaft zog langsam an ihnen vorbei, die Sonne schien, und der Tatra hatte keine Panne.

»In Berlin ist der Teufel los, Zwi«, erzählte Ballestrem unterwegs. »Du weißt schon, Hitler... Sie haben die ersten Juden abgeholt, Zwi. Du mußt weg aus diesem Land.«

»Später, erzähl das nicht heut, ja!«

Es gab nicht viel Verkehr, Autos waren in dieser Gegend immer noch selten. Allenfalls begegnete ihnen hie und da ein Pferdefuhrwerk, beladen mit Kohlen, Kisten oder Säcken. Die Fuhrleute standen oben auf dem Wagen und hielten die Zügel in der einen, die Peitsche in der anderen Hand, und wenn die Fuhre leer war und die Lebensfreude oder eine große Wut über sie kam oder warum auch immer, trieben sie die Pferde über das Kopfsteinpflaster wie die wilden Teufel. Die mit Eisen beschlagenen Räder machten einen Höllenlärm, und die Kutscher in ihren zerlumpten Jacken schrien wie die Gladiatoren: »Wiää wosek, pieronski zesrany cholerki Wiäääää wosek, psiakrew cholera!!«

Zwei versuchten, es mit dem Tatra aufzunehmen, fuhren neben dem Auto her ein Rennen, sofern die Straße es erlaubte. Schindeten die Pferde und die Räder.

»Laß sie gewinnen!« sagte Zwi. »Dann haben sie eine Freude auf lange Zeit.«

Kann sein, daß manch einer von ihnen besoffen war.

»So sind diese Hunde«, sagte Zwi. »Und weil sie so sind, blieb mein Vater hier, bis ihn jemand umbrachte. Ich glaube, sie scheißen auf den Tod. Betrachten ihn als einen kleinen Unfall, dessen einziger Nachteil ist, daß er zu lange anhält. Es passiert nicht selten, daß so einer besoffen von der Fuhre fällt und überrollt wird. Sense. In diesem Fall hat eben der Tod das Rennen gewonnen.«

Sie fuhren durch leicht hügelige Felder, und eine unendliche Ruhe war da über dem Land, so daß nicht einmal das Brummen dieses einzigen Autos auf der Straße störte.

Nach etwa einer Stunde hielten sie in einem Dorf an. »Wir gehen jetzt eine Weile zu Fuß, und dann zeig' ich dir das Paradies«, sagte Zwi, und dann marschierten sie durch Kornfelder, durch kleine Wäldchen und mußten sich die Schuhe ausziehen, um einen Bach zu überqueren. Sie setzten sich ins Gras und ließen die Füße in der Sonne trocknen.

»Was ist eigentlich aus dir und Lydia geworden?«

»Das übliche, Zwi. Es war ein freundlicher Irrtum. Ein halbes Jahr Höhenflug, und dann eines Tages knallte sie eine Zeitung auf den Tisch und sagte: ›Der letzte Mann ist tot.‹ Legte sich ins Bett und heulte drei Tage und Nächte lang. Hast du den Zuhälter Teddi gekannt? Dem das Tanzcafè *Nüßchen* gehörte? Ein spektakulärer Junge. Er hatte immer die besten Frauen, das neidete ich ihm. Und jetzt war er bekifft mit dem Motorrad gegen einen Baum geknallt. Er stand schon immer gern in der Zeitung. Ende mit Lydia. Ich hätte ihn sowieso nie ersetzen können, ich kann nicht einmal Motorrad fahren.« Er sah Zwi an. »Eine der großen Bestialitäten der Schöpfung: zwei zutiefst verfeindete Wesen wie Mann und Frau aufeinanderzuhetzen wie Kampfhähne. Mann und Frau sind zwei verschiedene Rassen.«

»Ein jüdisches Sprichwort sagt: ›Wenn du zwei Tropfen Wasser in alle sieben Weltmeere wirfst, ist die Wahrscheinlichkeit, daß sie sich einmal wiedertreffen, größer, als daß die zwei Menschen, die zusammenpassen, sich auf dieser Welt begegnen.‹ Ich würde sogar noch weitergehen, Balle! Wenn du mich fragst, es gibt keine zwei Menschen auf der Welt, die zusammenpassen. Gäbe es sie, dann würden sie in zwei verschiedenen Jahrhunderten leben. Träfen sie sich, dann würden sie sich nicht erkennen. Erkennten sie sich, dann kämen sie nicht zusammen, weil Unüberwindliches sie daran hindern würde. Haben sie aber den, der zu ihnen paßt, träumen sie bald von einem anderen, und einer von beiden entdeckt, daß er sich getäuscht hat. Und so geht das immer im Kreis herum.«

»Die Liebe ist ein Satanswerk, Zwi. Welcher Teufel schuf nur diesen Höhenflug der Geschlechter, diesen verdammten Irrtum, der nur die Flitterwochen überdauert und im unausweichlichen Absturz endet? Eine bestialische Idee eines grausamen Schöpfers.«

»Es gibt auch anderes, Ballestrem. Selten, aber doch. Noch eine halbe Stunde Fußmarsch, dann siehst du das Paradies.«

Und Zwi erzählte Ballestrem, daß der Wirt der Gaststätte, zu der sie wollten, ein ehemaliger Matrose sei. Nachdem er ein Leben lang als Steuermann die Weltmeere befahren habe, habe er im Alter von sechzig Jahren in der Eisenbahn von Hamburg nach Lodz, wo er seine alte Mutter besuchen wollte, eine Frau auf dem Bahnhof gesehen, und die sei es gewesen!

»Du wirst sie gleich sehen, Ballestrem. Sie heirateten Hals über Kopf, sie hatte von ihrem Vater diesen Teich mit dem kleinen Haus geerbt, und da, du alter Heusack, sieben Sterne für die Köchin...« Und leiser und eher zu sich selbst fuhr er fort: »Und tausend Sterne für die Frau.«

Sie traten aus einem Gehölz auf eine Lichtung mit einem Teich. Am Rand des Teiches stand ein kleines Haus, teils aus Holz, teils aus Lehm, das Dach mit Schindeln gedeckt. Am Ufer lagen ein Boot und ein paar Fischkästen, Fischereigeräte, kleine Netze, Brennholz, Eimer, Gartengeräte, und unter einem überdachten Vorbau standen ein paar Tische. Ein Tisch stand im Freien, und davor hackte ein kräftiger alter Mensch mit einem grauen Bart Holz.

Sie gingen zu dem Alten: »Hallo, Josef.«

»Ah, Zwi, diesmal ohne Fahrrad. Ein guter Tag heute. Und kein Wind.«

Sie rückten sich den Tisch in der Sonne zurecht. »Das ist Ballestrem, ein Bruder auf der Suche nach dem Nirwana. Was essen wir denn, Meister?«

»Stallhase mit Estragon, Knoblauch und schwarzen Pfefferkörnern in Rotweinsoße oder frischen Hecht mit Fenchel, weißen Pfefferkörnern, Mohrrüben und vortrefflichen Kräutern in Zitronensud. Der Hecht dauert etwas länger.«

»Mir schwinden die Sinne«, rief Zwi, »wenn ich das nur höre. Ballestrem, entscheide du.«

»Stallhase auf Estragon in Rotweinsoße.«

»Kartoffeln oder Weißbrot mit Knoblauch in Olivenöl geröstet?«

»Weißbrot mit Knoblauch in Olivenöl geröstet«, sagte Ballestrem, und der alte Steuermann Josef holte einen Tequila, damit die Seele erwachte. Salz auf die Kuhle zwischen dem Daumen und dem Zeigefinger, dazu eine Scheibe Zitrone. Das Salz auf die Zunge, und den Tequila hinuntergekippt, die Zitrone drüber – und schon hört ihr die Engel zwitschern.

»Tequila in dieser Gegend«, rief Zwi, »ein Wunder.«

Der Alte setzte sich an den Tisch, trank aber nichts.

Da kam seine Frau aus dem Haus und brachte frisches Brot und gerösteten Knoblauch, etwas Petersilie, Ziegenkäse und Rotwein.

Zwi verstummte und versuchte, ohne daß es jemand bemerkte, die Frau zu betrachten. Doch es war trotzdem nicht zu übersehen, und Ballestrem blickte ihn neugierig an, und um abzulenken sagte Zwi zu Josef: »Sag mal, Josef, kennst du das Nirwana?«

»Ich kenne *die* ›Nirwana‹. Ich denke gar nicht gern daran. Wir sollten sie nach Kuba bringen, und ich, ein junger Sandsack damals und besoffen wie ein Walfisch, setzte sie auf Sand. Der einzige Pott, den ich je auf Sand gesetzt habe. Ich denk' gar nicht gern daran.«

Er stand auf und ging weg. Die beiden tranken ein Glas Rotwein, aßen schweigend das Brot und etwas Käse, und nach dem zweiten Glas zog Zwi Ballestrem zum Teich hin. »Hast du die Frau gesehen? Gott, hätte die zu mir gepaßt. Aber was hab' ich vorhin gesagt: Falls sie sich treffen, passen die Umstände nicht...«

Die Frau hieß Maria und war keineswegs schön. Hätte auch kaum neben Lydia, was die Schönheit angeht, bestehen können. Vielleicht war sie auch nicht so belesen, daß sie Epikur gekannt hätte. Sie hätte ihn wahrscheinlich gar nicht kennen wollen. Ihn womöglich gar nicht gebraucht.

Zwi blickte über den Teich. Dann kehrten sie zurück

an den Tisch, und während das Mahl bereitet wurde, betrachteten sie die Landschaft. Es war ein glasklarer Tag, und ein leichter Dunst lag über dem Teich und den Bäumen. Eine Steigerung der Seligkeit wäre nicht denkbar gewesen. Die Vögel sangen, aber nicht zu laut, die Oberfläche des Wassers bewegte sich kaum, und neben dem Tisch lag ein freundlicher Hund. In der Küche hörte man die Töpfe und Teller klappern, und der alte Matrose Josef pfiff leise eine unsinnige Melodie.

Einmal kam die Frau heraus, und Zwi konnte es abermals nicht verbergen.

Ballestrem sagte: »In das Weib des anderen tut der Teufel einen Löffel Honig«, und Zwi nickte.

Sie tranken von dem Wein, und Zwi sagte: »Gott schuf ja nicht *nur* das Unheil.« Das sagte er immer, wenn der Wein seinen Astralleib flirren ließ. »Spür nur mal diesen ungeheuerlichen Wein, Kamerad! Welch eine Gabe Gottes, nicht wahr?«

»Würde ich eher dem Teufel zuschreiben. Denn *er* ist es doch, der die Freuden des Lebens in die Welt wirft, um dem unguten Schöpfer einen Streich zu spielen.«

Gerade da kam der Wirt aus der Küche, und Ballestrem beschwerte sich bei ihm: »Immer, wenn er besoffen ist, redet dieser Jesuitenlümmel von Gott! Einmal getauft, bleibt es dir wie ein lahmes Bein.«

»Ist gut. Keine Rede mehr davon! Du hast ja recht«, winkte Zwi ab.

Dann tranken sie wieder etwas, und schon fing er von neuem an: »Aber irgendwo hat Jesus doch recht. Du kannst als Reicher nicht glücklich werden. Ich habe noch keinen Reichen glücklich gesehen.«

»Blödsinn«, rief Ballestrem und wäre beinahe aufgebracht gewesen. »Wer bezahlt uns denn unsere Seligkeit, du Hanswurst? Meine *reichen* Ahnen und dein weiser Vater.«

Zwi grübelte: »Da hast du auch wieder recht. Aber dann sagte ER: Wenn ihr nicht sorglos lebt wie die Vögel, könnt ihr nicht glücklich sein. Sie säen nicht, und doch ernährt sie der himmlische Vater...«

»Die Vögel vielleicht, ja, wobei er auch genügend verhungern und erfrieren läßt, sofern sie nicht von den Menschen aufgefressen werden. Aber sonst kenne ich keinen, den er ernährt. Sie müssen alle hart arbeiten, um sich zu ernähren. Außer sie werden so geboren wie ich. Oder du. Also hör jetzt endlich auf damit.«

»Aber Jesus hat auch nicht gearbeitet...«

»Zwi – ich rufe dich zur Ordnung. Kein Wort mehr über Jesus, sonst wird dir die Labsal entzogen.«

Da brachte Josef auch schon das Mahl, und das roch, und das dampfte, und neuer Wein wurde gebracht, und es befiel sie das große unendliche Behagen des Leibes.

Sie schmatzten vor sich hin, ließen den Wein langsam hinunterrinnen, dann und wann biß der eine oder der andere auf ein Pfefferkorn, was das höllische Feuer des kosmischen Behagens anfachte, so daß es mit dem himmlischen Wein gelöscht zu werden verlangte. Der Knoblauch erhitzte das Blut, der Wein kühlte die Seelen, und Josef betrachtete seine beiden Gäste mit großem Wohlbehagen. Nach dem Mahl saßen sie gesättigt und voller Freude da, und Zwi stellte sich einen Augenblick vor, *er* wäre Maria zuerst begegnet und wäre hier der Wirt an diesem Teich im Paradies.

Aber was war, wenn es drei Monate lang regnete?

Später brachte Josef ihnen kubanische Zigarren.

»Kuba«, sagte er. »Wart ihr schon einmal in Kuba, Jungs?«

Waren sie nicht.

»Soll ich euch was erzählen? Ich hatte in Kuba eine Frau!! Eine Frau, meine Herren! Sie war gar keine Frau, sie war eine Göttin! Wir hatten...«

Da kam Maria heraus, und er hörte auf zu erzählen und fing an zu pfeifen. Weil sie noch eine Weile im Freien zu tun hatte, goß er sich einen Tequila ein, und dann noch einen, und schließlich vergaß er weiterzureden.

Und Zwi witterte seine Chance und fing wieder an: »Und dann sagte Jesus einmal...«

»Stoppt ihn, haltet ihn auf, prügelt ihn«, rief Ballestrem.

»Fängt er doch schon wieder an, von Jesus oder Gott zu reden! Dieser Zwi ist Jesuit mit Haut und Haar, Herr Josef, das ist wie ein Fluch, das läßt ihn einfach nicht mehr los. Und wenn er nicht enttauft wird, ist er auf Lebenszeit verloren. Ich fordere Sie auf, Capitan Josef, kraft Ihrer Kapitänsgewalt, enttaufen Sie den armen Hund. Sie können es doch! Dieses hier ist *Ihr* Schiff, Sie haben die Macht über uns Matrosen.«

Inzwischen hatten alle schon so viel getrunken, daß es ausreichte, Zwi zum Teich zu tragen, ihm die Kleider vom Leib zu reißen, ihn in das Boot zu werfen und in die Mitte des Teiches zu rudern. Er ließ es fröhlich geschehen, denn enttauft zu werden war immer der große geheime Wunsch seines Lebens gewesen. Und er glaubte an die Macht der Magie. Besonders, wenn er einen getrunken hatte. In der Mitte des Teiches stießen sie ihn aus dem Boot, und Josef stand auf und rief: »Und so enttaufe ich dich im Namen Neptuns und aller seiner Saufkumpane. Los, kielunter mit dir, du Pinguin, sonst wendet sich Neptun mit Grausen von dir ab, und du wirst nie von dem Übel befreit.«

Und Zwi, in der großen Hoffnung, die Last der Taufe loszuwerden, tauchte mühsam unter dem Boot durch. Wobei Josef, weil er stand, ins Wasser fiel; Ballestrem dagegen konnte sich halten.

Dann prusteten die beiden los und schwammen zum Ufer, und Zwi rief: »Ich bin enttauft. Hört mich an, ihr Leute von Theben: Ich, Zwi Bogainski, zuvor der ärmste Hund unter dem Himmel Gottes, bin nun glücklich und frei wie ein Vogel in der Luft. Ich danke Ihnen, Capitan, und Dir, Neptun, für diese Wohltat an meiner armen Seele.«

Da entkleidete sich Ballestrem gleichfalls und sprang freiwillig in den Teich, und der Rausch fand so ein wohliges Ende.

Sie fühlten sich wie neugeboren und befreit von allem Ballast dieser Welt.

Indessen hatte sich das Wetter verändert. In der Ferne zog ein Gewitter vorbei, die Luft wurde für kurze Zeit etwas drückend, dann riß ein Blitz den Himmel auf, und alles wurde wieder vollkommen sauber und klar.

Schließlich machten sich Zwi und Ballestrem unendlich glücklich auf den Rückweg. Eine kleine Wehmut kam auf, als sie, ohne zu reden, zum Auto zurückgingen. Dann aber sagte Zwi fröhlich: »Weißt du was, Ballestrem, ich glaube, ich bin jetzt wahrhaftig enttauft. Das ist Magie. Wenn ich noch einmal von Jesus oder Gott rede, tritt mir in den Arsch. Es kann sich dann nur noch um einen leichten Wiederholungsfall handeln. Nur weißt du, Jesus war wirklich...«

Ballestrem trat ihm in den Hintern, und damit war auch die leichte Wehmut vergessen.

Am nächsten Tag fuhr Ballestrem wieder zurück nach Berlin. »Wenn es am schönsten ist«, sagte er, »soll man den Ort des Glücks verlassen. Man darf so etwas nicht in die Länge ziehen.« Also stieg er in seinen alten Tatra und fuhr davon. Blieb nach ein paar Metern stehen und winkte noch einmal. Dann gab er Gas und verschwand um die nächste Straßenecke.

Bald kam Norbert Fürchtegotts erster Schultag. Sein Leben lang sollte er den Weg nicht vergessen, den er täglich von seinem Elternhaus zur Kirche beziehungsweise zur Schule, die direkt daneben lag, gehen mußte. Es war ein Weg des Unheils, wie mit seinem Blut getränkt, auf ewig feucht von seinem Angstschweiß. Ein Weg, wie mit Glasscherben gepflastert, über die er mit nackten Füßen gehen mußte, und am Ende der Abgrund: die Kirche, wo ihn die Strafe und Rache Gottes erwarteten, und die Schule, in der er gedemütigt und verprügelt wurde. Und zu Hause des Nachts der Vater, der betrunken war und tobte.

Das war es, wofür er niemals hatte geboren werden wollen.

Norberts Mitschüler hatten bald herausgefunden, daß sie ihn prügeln konnten, ohne daß er sich wehrte. Denn er fürchtete, dann noch mehr geprügelt zu werden. Er schrie auch nicht, denn seine Mutter hatte die Möglichkeit zu schreien in ihm für immer erstickt, indem sie ihn einfach weiter geschlagen hatte, wenn er weinte: »Hörst du auf zu heulen, du verfluchtes Aas, willst du endlich aufhören damit! Ich werde dir beibringen zu gehorchen.«

Bis er aufhörte. Weil er nicht mehr konnte, weil er daran erstickte.

Sein Leben lang wird er nicht mehr schreien können, auch nicht laut rufen, das war wie mit dem Messer in ihn eingeschnitten: Wenn du schreist, schlagen sie dich tot.

Auch der Lehrer, der die Reichen haßte und dem sich Frau Mainka auf Geheiß ihres Mannes als ›Unternehmersgattin‹ vorgestellt hatte, prügelte ihn mit verbissener Wollust. Hatte einer in der Klasse etwas ausgefressen, zeigten sie auf Norbert Fürchtegott, und dann schlug der Lehrer, der sich mit seinem geringen Gehalt zu den Armen zählte, mit einem Rohrstock mit aller Kraft zweimal zu. Auf die Hände. Und den Rohrstock hatte er vorher mit Knoblauch eingerieben, und das brannte dann noch mehr, denn der Stock riß die Haut auf. »So! Daß du dir merkst, wie man sich unter Menschen benimmt.«

Dazu kam der Unterricht in Gott. Zweimal die Woche lehrte sie der Kaplan Wertemann Gott kennen. Da mußte der Katechismus auswendig heruntergeleiert werden, vierundachtzig Sünden, und am meisten redete der Kaplan über die »Unkeuschheit«, »die schwerste aller Sünden«. Und Norbert Fürchtegott pinkelte von da an freihändig, nur um »es« nicht zu berühren und damit Unkeusches zu tun.

Einmal, als der Kaplan voll Zorn predigte: »Ihr liebt Gott zu wenig, ihr müßt IHN lieben mit aller Macht, damit er euch nicht verstößt in den Abgrund der Hölle«, wollte er Gott mit aller Kraft lieben, und er drückte und betete: »Gott, ich liebe dich, Gott, ich liebe dich«, bis er sich in die Hose schiß. So haben sie ihn blöd gemacht.

Er wird zwei Jahrzehnte seines Lebens brauchen, um herauszufinden, warum er das Leben nicht begreifen und auch nicht leben konnte.

Er wird vierzig Jahre alt werden, bis er das Unheil versteht, doch es wird ihm bis zum Ende seines Lebens in jenem Hotel in Wuppertal, wo er als Vertreter an einer Überportion Fisch im Alter von fünfundvierzig Jahren sterben wird, nicht gelingen, dieses Unheil noch loszuwerden.

Das Unheil wird ihm anhaften, so wie ihm der Name Mainka anhaftete, der ihn – er hätte nicht zu sagen gewußt, warum – schwer bedrückte. Erst spät wird er herausfinden, daß seine Mutter ihn schon in frühester Kindheit belehrt hat: »Die Mainkas, wenn du bloß nicht nach den Mainkas gehst! Die haben alle so einen schlechten Charakter, da kannst du froh sein, daß du wenigstens eine Dziuba als Mutter hast. Vielleicht hast du ja auch Glück und gehst nach uns.«

Else Dziuba haßte die Geschwister ihres Mannes. Wenn sie den Namen Mainka aussprach und damit seine Familie meinte, tat sie das mit unendlichem Ekel.

Stellte sie sich aber als ›Frau Mainka‹ vor, tat sie das mit Hochmut.

Und der Ekel vor diesem Namen sollte ihm sein Leben lang bleiben.

In gewisser Weise wird er daher in diesem Hotel in Wuppertal, wenn er den Tod erkennt, im letzten Augenblick eine große Leichtigkeit spüren. Weil er diesen Namen loswird, weil er diesen Leib loswird. Und letztlich auch die Verblödung, der er nie Herr werden konnte.

Und wohl am meisten dieses Leben.

Hrdlak wird ihm dann nicht mehr einfallen.

Als Norbert Fürchtegott bereits das zweite Schuljahr durchlitt, schlich er noch immer manchmal um den Zaun des alten Hrdlak; er hielt sich jetzt schon für »zu groß«, um noch arglos hineinzugehen.

Einmal sah er, daß zwei SA-Männer um den Garten herumgingen, und einer sagte: »Der ist mir aber auch bald dran, das sag' ich dir. Solche Asiaten passen mir nicht.«

»Ach, laß den, Willem, der ist sowieso verrückt und krepiert von selber vor Hunger. Er macht doch keinem was.«

»Ist egal, was asiatisch aussieht, ist kein Mensch und muß weg. Ich rede mal mit dem Sturmbannführer drüber, ob man den nicht abholen lassen kann.«

Die beiden gingen weg, und Norbert Fürchtegott wurde es eiskalt an Leib und Seele.

Um diese Zeit saß der alte Dziuba einmal auf der Bank vor dem stillgelegten Bahnhof. Die Eisenbahnlinie hatte einst nach Królewska Chuta geführt, als es die Grenze noch nicht gegeben hatte. Der Bahnhof war zugenagelt, und die Schienen waren mit Unkraut überwuchert. Hier kam kaum jemand hin, denn die Grenze war nur ein paar Meter entfernt, und wer der Grenze zu nahe kam, mußte mit einer Bestrafung rechnen. Einer aus Dziubas früherer Kompanie, der in der Donnersmarkhütte arbeitete, hatte ihm erzählt, daß sie dort jetzt Patronenhülsen für schwere Kanonen herstellten.

»Das bedeutet Krieg, Dziuba. Aber red nicht drüber, ja! Wenn das rauskommt, holen sie uns wegen Hochverrat.«

Krieg!

Wer einmal im Krieg war und eine zerschossene Hand als Andenken mit nach Hause gebracht hat, denkt sein Leben lang mindestens einmal am Tag: ›Krieg‹.

Wenigstens würden sie ihn dieses Mal nicht mehr einziehen können. Er zog an seiner Pfeife und überlegte, ob er sich einen Vorrat an Preßtabak zulegen sollte.

Da kam ein Hund die Schienen entlanggelaufen. Kam auf ihn zu, hechelte, als käme er von weit her und legte seine Pfote auf seinen Schuh.

Dziuba war, als befände er sich in einem Traum: Der Hund hier mußte jener weiße Wolf aus dem Krieg sein, ohne jeden Zweifel, denn nur er hatte die Angewohnheit gehabt, ihm die Pfote auf den Fuß zu legen. Das konnte kein Zufall sein. Jetzt fiel ihm ein, daß dieser Hund auch jener Hund war, den er bei Hrdlak gesehen hatte.

Aber das war unmöglich! Denn seit damals waren – wieviel? – zweiundzwanzig Jahre vergangen.

Dann lief der Hund zurück. Als habe er ihm nur etwas sagen wollen.

Und Dziuba schüttelte den Kopf, stand auf und ging nach Hause. Da hatte ihn etwas berührt, was nicht von dieser Welt war. Wie eine Nachricht aus der Ewigkeit. Oder war es doch ein Traum gewesen?

Er stand gleichsam neben sich selbst, wie er so nach Hause ging, und schaute sich zu, wie er da lief und nicht begriff, was da geschehen war. Dann wischte er das Ereignis aus dem Kopf: Es war ihm unheimlich.

»Man muß nicht alles begreifen, Dziuba.«

Wer hatte das gesagt? Bunzlauer hatte das gesagt.

In den Tagen danach lief er immer noch wie in einem Traum herum. In diesem Zustand ging er eines Tages – er hätte nicht zu sagen gewußt, was ihn dorthin zog – zu Hrdlak. Stieg durch die Zaunlücke in den Garten und ging zum Stall. Die Tür war angelehnt, die wenigen Gegenstände waren sauber geordnet, der Boden war gefegt, und die Decken lagen ordentlich zusammengelegt auf der Lagerstatt.

Draußen stand das Gartengerät an die Wand gelehnt. Die Beete waren noch vor kurzer Zeit bearbeitet und gejätet worden, aber Hrdlak war nicht da.

Dziuba drehte sich um und wollte gerade hinüber zu Zwi gehen, als dieser mit einem Koffer in der Hand heraustrat, die Tür verschloß und zusammen mit seinem Freund Ballestrem den Garten verließ.

»Ist Hrdlak nicht da?«

»Er ging vor drei Tagen weg. Ich habe ihn nicht gesehen, aber ein Junge hat mir gesagt, er ist mit seinem Hund weggegangen.«

Dziuba schüttelte leicht den Kopf und ging langsam weg. Zwi ging mit seinem Freund zu dessen Auto und winkte noch einmal mit der Hand. Der alte Dziuba wußte nicht, daß Ballestrem gekommen war, um Zwi zu holen und ihn bei Nacht heimlich über die Grenze nach Kopenhagen zu bringen, so lange das noch einigermaßen gefahrlos ging, aber er spürte, daß er die beiden zum letzten Mal in seinem Leben sah.

Er blickte Zwi noch einmal an; sie hatten sich nur bei der Hochzeit seiner Tochter etwas länger gesehen, aber er hatte das Gefühl, er sei ihm ein stiller Freund gewesen, ohne daß sie sich das gesagt hatten.

Im Auto sagte Ballestrem: »Und wenn er's nicht war?«

»Wenn er was nicht war?«

»Wenn Hrdlak nicht der Mann aus Tibet war?«

»Dann war er es nicht, Ballestrem. Aber er war Hrdlak, und wir haben ein Pferd in den Himmel begleitet. Kann man mehr tun?«

»Nein.«

Als der alte Dziuba wegging, sprach ihn ein Mann an, der in der Nähe auf einer Bank saß: »Wenn Sie den Hrdlak suchen, der ist weg. Ist mit einem Hund durch den Schlagbaum gegangen. Am hellichten Tag! Mitten durch den Schlagbaum, ohne daß sie den Schlagbaum aufgemacht haben. Das war so, als ob die Zöllner ihn nicht gesehen haben. Ging geradeaus nach Osten. Der war ein merkwürdiger Mensch, denk' ich mir. War wahrscheinlich nicht ganz richtig im Kopf. Haben Sie ihn näher gekannt?«

Dziuba schüttelte den Kopf.

»Ja ja. Ich hab' ihn auch nicht gekannt. Die Leute sagen, er war hier schon immer, und man weiß nicht, von wo er kam. Manche ganz alten Leute sagen, sie haben ihn schon gesehen, wie sie noch Kinder waren. Das kann ich nicht glauben.«

Dziuba schüttelte wieder den Kopf und ging zurück in seinen Garten.

Die Abschiede gehören zu den Grausamkeiten des Lebens. Abschiede sind so ein wenig wie sterben.

Epilog

Ein Jahr später, im September, wird der Krieg ausbrechen. Die Deutschen werden mit großmauligem Radau durch Chlodnitze marschieren und den Schlagbaum zu Polen niederreißen. »Seit elf Uhr wird zurückgeschossen«, wird die Stimme des Führers heiser durch die Volksempfänger schreien. Nur wurde von der anderen Seite nie geschossen.

Mit Lastwagen, Motorrädern und Kanonen werden sie sich durch die Straßen wälzen. Die Bewohner von Chlodnitze werden den Soldaten, die blind und unwissend nach Osten drängen, Blumen zuwerfen, die Mädels werden sie küssen. Die Polen werden keinen Widerstand leisten. Doch werden die Deutschen als erstes drei Jungen zwischen fünfzehn und siebzehn Jahren in Bielschowice an Straßenbäumen aufhängen und dort hängen lassen. Angeblich hätten sie geschossen, werden sie behaupten.

Das deutsche Volk wird über soviel ›harte Entschlossenheit‹ jubeln. Rudolf Mainka aber, der einst so forsch und hoffnungsfroh mit Dieter Adamczyk in die Partei eingetreten war, wird ein Frösteln befallen. Er wird wissen, er hat von den Deutschen nichts zu befürchten, doch er wird Angst haben, ohne daß er wird sagen können, warum und wovor.

»Der eine war ein Kirchenmalerlehrling«, wird Rudolf Mainka zu seinem Sohn sagen und ihm die drei Aufgehängten aus der Ferne zeigen. Norbert wird zu weit weg sein, um die Stricke um ihre Hälse zu erkennen und die Wunden, die man ihnen vorher schlug. Aber später wird dies zu dem Bild gehören, das er von den Deutschen haben wird.

Die Mainkas werden im Laufe des Krieges in eine mittlere Kleinstadt im Westen des Reiches übersiedeln. Rudolf Mainka wird in die Wehrmacht einberufen werden, den Krieg aber überleben und danach in dieser Kleinstadt ein kleineres Transportunternehmen aufbauen. Er wird viel arbeiten, und um das zu überstehen, wird er viel trinken. Vorwiegend klaren Schnaps.

Im Alter von etwa vierzig Jahren wird die latente Schwindsucht bei ihm ausbrechen, die er sein Leben lang in sich trug, doch auch sie wird er überleben. Danach wird er weitersaufen und auch das überleben.

Er wird im Suff toben wie eh und je, wird seine Frau beschimpfen und auf eine dumme Art und uneingestandenerweise Norbert Fürchtegott lieben, doch werden er und sein Sohn sich zeit ihres Lebens auf merkwürdige Art fremd bleiben.

Rudolf Mainka wird sein Transportunternehmen etwa in dem Umfang betreiben, der notwendig sein wird, seine Sauferei zu finanzieren und andererseits ein kleineres Vermögen anzusparen, welches ihn und seine Frau im Alter davor bewahren soll, in ein Pflegeheim zu müssen. Denn das, so wird er immer wieder sagen, wäre das Schlimmste, was ihm passieren könnte.

Dann jedoch, im hohen Alter von weit über siebzig Jahren, Norbert Fürchtegott wird bereits gestorben sein, wird Else ihn während einer Ohnmacht nach einem Herzinfarkt in eine Anstalt für Alte, Behinderte und Geisteskranke einweisen lassen und ihn dort nicht wieder abholen, weil sie ihn nicht mehr ertragen will. Rudolf Mainka wird dort in einer unbeschreiblichen Weise leiden. Er wird das Essen verweigern, wird Tag und Nacht weinen und warten, daß ihn jemand holen oder wenigstens besuchen kommt. Er wird nachts im Schlafanzug versuchen zu fliehen. Womit sich für die Ärzte bloß seine ›Verwirrtheit‹ beweisen wird, denn ein ›normaler‹ Mensch läuft nicht nachts im Schlafanzug aus einer Anstalt, wo er so gut versorgt wird. Und sie werden ihn ans Bett binden und ihn an Schläuche anschließen, ›um ihn im humanitären Interesse noch möglichst lange am Leben zu halten‹. Röchelnd und mit großen Schmerzen wird er sterben, denn wenn er nach Schmerzmitteln verlangt, werden sie ihn nicht ernst nehmen, da er ja als ›geistig verwirrt‹ angesehen werden wird. Und so wird er dem Tod entgegenweinen.

Wenn seine Frau ihn besuchen wird, wird sie ohne Mitleid sagen: »Heul nur, heul dich nur aus, du hast ja immer schon so gern geheult. Du wirst schon wissen, um was du heulen mußt. Es geht uns allen nicht besser, du mußt es eben ertragen, wer so viel gesoffen hat, braucht jetzt nicht zu jammern.«

Doch bei der Beerdigung wird sie sich ein Taschentuch vor das Gesicht pressen. Und es werden echte Tränen sein, die sie weint.

Dabei wird für sie erst jetzt das Leben beginnen. Sie wird ihn um sechs Jahre überleben. Sie wird kleine Reisen machen, nach Oberstdorf und nach Niederbayern, und dort auf Kurkonzerte gehen.

Dann wird sie allein in einem Bett sterben. Keiner wird ihr etwas zu trinken besorgen, sie wird aber unendlich großen Durst haben, und am Ende ihres Lebens wird sie immer wieder seinen Namen rufen: »Rudolf.«

Norbert Fürchtegott Mainka wird sein Vaterhaus im Alter von siebzehn Jahren verlassen unter dem Vorwand, irgendwo eine Arbeit gefunden zu haben, die er annehmen wolle: »Markisenherstellung.« Das sei eine einmalige Gelegenheit.

Den Laden des Vaters wird er nicht übernehmen wollen, es ist fast immer so, daß die Kinder nicht das erfüllen, was die Eltern sich von ihnen erhoffen.

Im Alter von achtundzwanzig Jahren wird er heiraten und mit seiner Frau zwei Söhne zeugen. Die Kinder wird er taufen lassen, so wie er getauft worden war, ohne sich irgend etwas dabei zu denken. Es wird so selbstverständlich für ihn sein wie die Tatsache, eine katholische Frau kennengelernt und sie kirchlich geheiratet zu haben. Nicht einen Gedanken wird er daran wie an sein ganzes bisheriges Leben verschwenden.

Doch dann einmal, etwa im Alter von vierzig Jahren, wird er zum Fenster hinausschauen, die Augen werden auf eine andere Entfernung eingestellt sein als auf das Objekt, auf welches sie blicken, nämlich seine zwei Söhne, die dort unten mit Stöcken blöde auf das Gras eindreschen, und für einen kurzen Augenblick wird sich der Vorhang öffnen, und er wird erkennen, daß sie genau so sind wie er.

Und er wird begreifen, daß er bis dahin ein Leben geführt hat, als wate er in einem dicken Brei, der gleichzeitig auch seine Speise ist, fade und ohne jeden Geschmack. Daß alles einfach so vor sich hingegangen ist, weil es immer so gewesen war. Daß er keine Freude an diesem Leben gehabt hatte. Daß er nie hineingegriffen hatte in die Fülle des Seins, immer am Rand herum alles vorbeigehen ließ.

Norbert Fürchtegott wird nie darüber nachgedacht haben, bis zu diesem Augenblick.

Bis zu diesem Augenblick, in dem ein Blitz die Nacht erhellt und er mit einmal seine Umgebung, die er bis dahin nicht gekannt hat, für einen kurzen Moment ganz deutlich sehen wird.

Danach wird wieder Nacht einkehren, und für eine Weile wird Norbert noch eine gewisse Unruhe und ein Unbehagen spüren, bis auch diese sich wieder verlieren und alles so ist wie zuvor. Als habe er nichts begriffen bei jenem Anblick seiner zwei Nachkommen, wie sie dumm mit den Stöcken auf die Erde einschlugen.

Doch ein paar Jahre später, etwa eine Woche vor seinem zufälligen, lächerlichen Tod in jenem Hotel, wird er an einem Abend hinter einem Motel an der Autobahn sitzen, ein harter Tag voller Trostlosigkeit wird hinter ihm liegen, und die Sonne wird untergehen wie so oft in seinem Leben. Ein halber Liter Wein wird vor ihm stehen, bis zur Hälfte ausgetrunken, und als ob er um seinen bevorstehenden armseligen Tod wissen würde, wird er sein Leben wie von oben überblicken.

Wird sich von oben sehen, wie er sich unten sein Leben lang quälte. Oder besser: wie SIE ihn quälten.

Warum war das so?

Sie haben ihn dummgemacht, so dumm, daß er nie erfahren hat, was Leben heißt. Oder eher viel zu deutlich erfahren hat, was Leben IST?

Das wird da auf der einen Waagschale liegen.

Und dann wird er zusammensuchen, was er auf die ANDERE Waagschale legen könnte. Ein paar Körner wenigstens, um einen winzigen Trost zu haben – es ertragen zu können, vielleicht sogar sagen zu können: Fürchtegott Mainka, eigentlich hast du ein großes Glück erlebt.

Mit einemmal wird ihm etwas einfallen und deutlich wieder vor seinen Augen erscheinen.

Es war während des Krieges gewesen, als die Deutschen unendliche Menschenmassen aus den Ostländern ins Reich verschleppten, wo sie sie in Lager sperrten und arbeiten ließen, bis sie verhungerten oder erfroren. Fremdarbeiter. Bessarabier, Kirgisen, Galizier. Barfuß und nur mit ein paar Fetzen bekleidet, wurden sie mitten im Winter durch seine Stadt getrieben. Bückten sie sich nach einer Kippe oder Brotkrume, durfte sie jeder schlagen, treten oder anspucken. Gab ihnen jemand Brot oder sonst etwas, wurde er abgeholt, ins Konzentrationslager gesteckt, gequält, vielleicht sogar getötet.

Und da plötzlich wird dieses Bild in ihm auftauchen, wie er einmal durch Zufall sah, wie seine Mutter blitzschnell Brot und ein paar Kleider in eine Tüte wickelte und sie so einem armen, kahlgeschorenen Menschen zusteckte. Sie mußte gewußt haben, welche Strafe darauf stand. UND DAS WIRD ALLES AUFWIEGEN.

Kurz bevor er sterben wird, wird er erkennen, daß er weder seinen Vater noch seine Mutter je wirklich gehaßt hat.

Sie hatten nicht gewußt, was richtig war und was falsch.

Man hatte auch sie in die Irre geschickt.

Die Tage bis zu seinem Tod werden für ihn auf eine merkwürdige Weise magisch sein. Magisch wie jener Fetzen Stoff aus Gold, Silber und Rosa. Er wird neben sich leben, als wäre er eine andere Person, nur durch einen unseligen Zufall in diesen Leib des Norbert Fürchtegott Mainka hineingeboren, und er wird die Welt nur wahrnehmen wie eine Fata Morgana, flirrendes Licht. Immer wieder wird die Ziegelwand hinter dem Haus seines Urgroßvaters vor ihm auftauchen, und sie wird warm sein von der Sonne eines Tages.

Oder von der Sonne eines Lebens?

Wie er da in der Hocke saß.

Und wie dann der alte Ulane kam und sich schwer auf seinen Krückstock stützte und zu ihm herunter ließ und sich neben ihn setzte. Die Pfeife rauchte und nickte.

Und wie der Alte dann sagte: »Ja, Junge. Ja. Es gibt keine Ulanen mehr, daran wird die Welt zu Grunde gehen. Keine, die den Feind aufhalten. ICH habe es ihnen noch gezeigt mit meinem Schwert. Hier, das ist mein Schwert...«

Er hob den Krückstock und schwang ihn durch die Luft. »Du mußt es ihnen zeigen, was ein Ulane ist. *Du bist ein Ulane*, vergiß es nie!«

Manchmal hatte er auch allein dort gesessen, und ihn hatte eine große Seligkeit befallen. Kann sein, weil er hinter der Mauer einen kühnen Mann wußte, der ihn immer schützen würde, auch wenn er kein einziges Bein mehr hätte, weil er stark war wie Gott. Während sein Vater zu Haus ein elender Säufer war.

In solchen Augenblicken war er für das Leben gerüstet gewesen. Welch ein Glück, das Blut dieses Erzengels in seinen Adern zu wissen!

Und welch ein Glück, Hrdlak gekannt zu haben.